Rita Egger

Auf der Bozner Wassermauer

und andere Sommergeschichten

D1730842

ISBN 978-3-7059-0347-0
1. Auflage 2012
Titelbild: Schloss Maretsch, Bozen
Texte: © Rita Egger
Fotografien: © Rita Egger, Antonia Oberegger, Gerhard Albrecht
© Copyright Herbert Weishaupt Verlag, A-8342 Gnas
Tel.: 03151-8487, Fax: 03151-84874
e-mail: verlag@weishaupt.at
e-bookshop: www.weishaupt.at

Rita Egger

Auf der Bozner Wassermauer

und andere Sommergeschichten

Weishaupt Verlag

Inhalt

Lösung in Lindau

„Lindau!", rief der Schaffner.

Mit fast jugendlichem Schwung sprang Mathilde Hellweger auf den Bahnsteig hinunter. Sie wandte sich um und übernahm die Gepäckstücke, die ihre Enkelin ihr reichte. Ihr Gesicht unter den gepflegten weißen Haaren leuchtete geradezu, nicht so das des jungen Mädchens, das nun ebenfalls über das Trittbrett herunterkam. „Lass, Omi, deine Koffer nehme natürlich ich; du weißt, dass ich nicht zum Vergnügen mitgefahren bin, sondern um dir zu helfen", sagte sie und ergriff die beiden nicht allzu großen Koffer. Mathilde fügte sich und fasste nach der Reisetasche des Mädchens. Sie sagte nicht, dass ihr diese mindestens ebenso schwer erschien wie ihr eigenes Köfferchen, enthielt sie doch einen Kassettenrekorder mit Kopfhörern und einer Anzahl Kassetten, ein Beautycase mit mehreren Fläschchen, einen Haarfön und andere Dinge, die für eine Sechzehnjährige offenbar unentbehrlich waren.

Lächelnd hatte sie ihre Schwiegertochter beschwichtigt, die ein Veto hatte einlegen wollen. All diese Dinge gaben ihr die Zuversicht, dass die Kleine doch nicht nur als Opferlamm in ihrem Kielwasser segeln und ganz ihrem Trotz und Schmerz leben würde, auch wenn sie das behauptete.

Dass sich Enkelin Claudia ihrer länger geplanten Reise anschloss, war überraschend gekommen, aber sie hatte sich darüber gefreut. Nicht nur, dass sie das Mädchen aufrichtig liebte, sich um sie sorgte und ihr in ihrem ersten großen Kummer zur Seite stehen wollte, sondern auch um ihretwillen. Sie gestand sich ein, dass ihr die Fahrt ohne den geliebten Gatten, den sie vor drei Jahren verloren hatte, um so mehr Angst gemacht hatte, je näher sie gerückt war.

Bewusst hatte sie die Orte aufsuchen wollen, an denen sie so gern mit ihm verweilt hatte. Nun war sie dankbar, dass die Beschäftigung mit dem jungen Menschenkind und die Aussicht, ihm die Schönheit all der liebgewordenen Plätze zeigen zu können, mehr Leben in das Vorhaben bringen würde, das sonst vielleicht allzu wehmütig ausgefallen wäre.

Mathilde hatte nicht vor, den Kummer des Mädchens zu bagatellisieren. Sie wusste, dass ihr Verständnis Not tat, das sie — allem Anschein nach — zu Hause entbehrt hatte. Die Jugend und die wundervollen neuen Eindrücke würden, so hoffte sie, das Ihre tun und diese Reise für sie beide zu einem schönen Erlebnis werden lassen.

Was Mathilde allerdings nicht wusste, war das geheime Motiv, das sehr dazu beigetragen hatte, Claudia für diese Reise zu gewinnen: Sie hatte durch eine Freundin erfahren, dass Emil nach ihrer durch die Eltern erzwungenen Absage doch allein nach Bregenz gefahren war. Sie hoffte, von Lindau aus vielleicht mit ihm Kontakt aufnehmen oder gar ihn treffen zu können.

Wer weiß, ob die Großmutter das als bedenklich empfunden hätte. Sie war eine lebenskluge Dame, davon überzeugt, dass es für junge Menschen wichtig war, ihre Erfahrungen selber zu machen, und dass es genügte, wenn man ihr Vertrauen besaß und ihnen dadurch helfen konnte, Dinge zu vermeiden, die ihr späteres Glück ernstlich bedrohten.

Die alte und die sehr junge Dame gingen durch das Zollamt und traten aus dem Bahnhofsgebäude auf den Platz hinaus. Da lag sie, die Hafenpromenade, überragt vom Mangturm mit dem grün und bunt schillernden Helm, und daran geschmiegt schimmerte das Hafenbecken im Sonnenschein, liebevoll umfasst von den beiden Molen mit dem Leuchtturm und dem Löwen an ihren Enden.

Lindau, Hafenbecken

Darüber hin schweifte der Blick über die Weite des Sees zu den Schweizer Bergen. Ein Schiff glitt sanft durch die Einfahrt hinaus, die Möwen kreisten und ließen sich dann wieder wie weiche Federbälle auf den Stangen des Geländers nieder.

Mathilde wurden die Augen feucht. Hier war sie mit ihrem Gatten gestanden, auf der Hochzeitsreise und noch viele Male später. Nun stand an ihrer Seite ihre Enkelin, hatte die Koffer abgestellt und hauchte entzückt: „Oh!" Die Großmutter lächelte unter Tränen, blickte auf das Mädchen und wieder auf die zauberhafte Kulisse. Aber während sich ihre eigene, jäh wiedererwachte Trauer in der sie sanft umgebenden Schönheit sanft löste und in eine linde Wehmut verwandelte, schien es dem Mädchen genau umgekehrt zu gehen. War sie eben noch überwältigt von der Herrlichkeit gewesen, so empfand sie es nun als schmerzlich, dass Emil diese nicht mit ihr teilen konnte. Sie ließ das Köpfchen sinken und konnte ein Aufschluchzen nicht unterdrücken. Mathilde legte ihr sanft den Arm um die Schulter: „Nun, Kindchen, nun

... ich weiß, wie schwer das alles für dich ist! Du brauchst dich deiner Trauer nicht zu schämen!" Claudia blickte ungläubig dankbar zu ihr auf. Ihre Großmutter verstand sie! Zu Hause hatte es geheißen: „Sei froh, dass wir klüger sind als du! Du kannst glücklich sein, dass du ihn los bist!" Vielleicht begriff die Großmutter, dass sie, allen Zweifeln zum Trotz, innig hoffte, sie wäre ihn gar nicht „los" und es würde noch alles gut werden! Vielleicht würde sie ihr dabei sogar helfen? Mit neuem Mut nahm sie ihre Koffer wieder auf, und das ungleiche Paar begab sich die paar Schritte vorwärts zum Hotel.

Bald hatten sie sich eingerichtet, und Mathilde schlug der Enkelin vor, auf den Leuchtturm zu steigen, während sie sich etwas ausruhen wollte. Wenig später betrat Claudia von der Mole aus das Turmgebäude. Gewissenhaft las sie all die interessanten Anmerkungen über Geografie und Geschichte des Sees und suchte immer wieder aus den Fenstern die mit der Höhe zunehmende Aussicht. Sie wollte ja ihrer lieben Omi, die nicht mehr gern so viele Stufen hochstieg, alles möglichst genau schildern. Aber dann fand sie einen Hinweis, dass man von hier aus Bregenz sah, und da kam ihr ihr ganzer Kummer wieder in den Sinn. Ob Emil dort auch so sehnsüchtig an sie dachte, wie sie an ihn?

Sie hatte ihn in der Disco kennen gelernt. Er war, älter als die meisten Besucher, allein an einem Tischchen am Rand gesessen und hatte halb gelangweilt, halb amüsiert dem Treiben zugesehen. Als sich ihre Blicke getroffen hatten, war es wie ein elektrischer Funke durch sie gezuckt, und sie hatte gleich weggesehen. Dann waren ihre Augen doch wieder zu ihm hin gewandert, und sie hatte gesehen, dass er unverwandt nach ihr sah. Er hatte gelächelt, war aufgestanden und zu ihr hergekommen. Oh, wie stolz war sie gewesen, als er gerade sie auf die Tanzfläche gezogen hatte!

Später hatte er ihr einen Drink und eine Zigarette spendiert, und sie war in einen rosaroten Taumel geraten. Gerade da war der Bruder ihrer Freundin zur Tür hereingekommen – ein strebsamer Mediziner in einem höheren Semester –, hatte sie mit hochgezogenen Augenbrauen gemustert und gemeint: „Na, Claudia, gehen wir noch einmal auf die Tanzfläche." Leise hatte er hinzugefügt: „Lösch den vermaledeiten Glimmstängel nur gleich aus. Ich komme gerade von einem Kolleg über Lungenkrebs." Sie hatte protestieren wollen, aber dann gesehen, wie ernst es ihm war. Emil war mit einem spöttischen Lächeln an der Theke sitzen geblieben. Dann war ihre Freundin dazu gekommen und der Student hatte sie beide in seinem Mini heimgebracht. Als er sie vor ihrem Haus aussteigen ließ, hatte es geschienen, als wolle er noch etwas sagen, er war aber dann doch schweigend mit der Schwester davongefahren. Das war ihr erster Abend mit Emil gewesen.

Jetzt nahm Claudia noch einmal den prachtvollen Ausblick über den See in sich auf, dann kehrte sie zu ihrer Großmutter zurück.

Mathilde hatte sich inzwischen ausgeruht und umgekleidet. Sie schlug dem Mädchen vor, ebenfalls etwas Hübsches anzuziehen, dann wollten sie zum Abendessen gehen.

Lächelnd schaute sie zu, wie sich die Kleine schön machte.

Als sie aus dem Hotel traten, war es dämmerig. Ein feenhaftes Bild bot sich ihnen: All die Gebäude an der Seepromenade waren mit Lichtergirlanden bekränzt. Sie bogen zum Alten Rathaus mit seinem Treppengiebel, den freskenverzierten Fassaden und der feierlichen dunklen Holztreppe, und bummelten dann über die Maximilianstraße. Viele fröhliche Menschen bewegten sich zwischen den pastellfarbenen Giebelhäusern mit ihren Lauben hin und her, Einzelne, Paare und kleine Gruppen, sie saßen an Kaffeehaustischen oder nur auf Blumenkübeln.

Claudia pochte das Herz bei der Vorstellung, statt ihrer Großmutter nun Emil an ihrer Seite zu haben. Diese bemerkte den verstohlenen Seufzer und sagte freundlich: „Nun hast du eine alte Dame statt einem jungen Kavalier – wollen wir das Beste daraus machen?" Da musste Claudia doch wieder lachen, und als Mathilde sie in ein hübsches Lokal führte und ihr half, ein köstliches Menu zusammenzustellen – einst hatte ihr

Mann das für sie getan –, sprach sie ihm mit bestem Appetit zu.

Die Großmutter trank ihr Gläschen Wein, Claudia bestellte für sich einen exotischen Fruchtsaft, und es wurde ein angenehmer Abend.

Sie hatte übrigens auch in der Disco, bei ihrer nächsten Begegnung mit Emil, keine Zigarette und keinen Alkohol genommen, denn beides war ihr beim vorigen Mal gar nicht so gut bekommen. Damals hatte Emil sich angeboten, sie nach Hause zu bringen, und sie war daher nicht mit ihrer Freundin zusammen aufgebrochen. Obwohl sie sehr stolz gewesen war, dass Emil sie beim Heimgehen zu sich einladen wollte, hatte sie doch ihre ganze Kraft zusammengenommen und abgelehnt. Er hatte nur wieder gelächelt, etwas ironisch, was ihr durch und durch gegangen war, und nach einem innigen Kuss vor ihrer Haustür hatte er ihr vorgeschlagen, mit ihm in den Ferien nach Bregenz zu fahren. Sie könne doch sagen, sie sei von einer Freundin eingeladen. Oder hatte sie keine so gute Freundin, die das für sie tun würde?

Am nächsten Tag hatten die Eltern erfahren, dass sie nicht mit Elsa und ihrem Bruder zusammen nach Hause gefahren war. Sie hatten sehr geschimpft und es war ein großes Glück gewesen, dass sie kaum eine halbe Stunde länger aus gewesen war.

Dann hatte sie versucht, einen Plan für die geheime Reise zu schmieden. Leider war ihr nichts Rechtes eingefallen. Auch hatte sie den Eltern versprechen müssen, beim nächsten Discobesuch pünktlich mit Else zusammen nach Hause zu gehen, und sie hatte sich deshalb sehr vor Emil geschämt. Trotzdem hatte er sich weiter ihr gewidmet, ihr Komplimente ins Ohr geflüstert und manchen verstohlenen Kuss mit ihr getauscht. Auch hatte er immer wieder von der gemeinsamen Reise gesprochen und sie in den schönsten Farben ausgemalt. Mangels einer Freundin, die ihren Plan hätte unterstützen können, hatte sie sich schließlich eingeredet, es gebe keinen Grund, diesen den Eltern zu verschweigen. Sie kam sich ja so erwachsen vor, überzeugt, selber auf sich aufpassen zu können.

Bis dahin war sie auch daran gewöhnt gewesen, dass die Eltern ihr vertrauten. So hatte sie ihnen von der Einladung nach Bregenz erzählt. Daraufhin waren sie so wütend geworden, dass mit ihnen überhaupt nicht mehr vernünftig zu reden war, und sie hatten sie nicht mehr in die Disco gehen lassen. Mit Aufbietung ihrer ganzen Beredsamkeit hatte sie Else dazu gebracht, Emil heimlich einen Brief zu überbringen. Darin hatte sie geschrieben, dass sie ihn im Augenblick nicht treffen könne, dass sie beide ja doch viel Zeit vor sich hätten, und dass sie bei der ersten Gelegenheit gern mit ihm kommen würde. Zu ihrer Enttäuschung hatte Else keine Antwort von ihm gebracht.

Alles das – oder fast alles – erzählte sie an diesem Abend ihrer verständnisvollen Großmutter, die nicht viel dazu sagte. Sie stellte nur ein paar ganz harmlose Fragen über Emil, und da fiel es Claudia erst auf, wie wenig sie von ihm eigentlich wusste. Den Brief erwähnte sie nicht, und auch nicht, dass sie von Else über Emils Aufenthalt in Bregenz gehört hatte.

Am nächsten Morgen gingen Großmutter und Enkelin zum Kurkonzert. Nun, es waren nicht gerade Discoklänge, aber doch sehr schwungvolle Melodien, und Claudia wünschte sich wieder Emil herbei.

Nachher spazierte sie mit Mathilde gegen die Römerschanze. Heute waren das Aussichtsplätze mit bequemen Bänken, von Buschwerk lauschig umgeben und von mächtigen Bäumen beschattet. Einstmals hatten sie als Bollwerk gedient und dem Feind getrotzt. So würde auch sie, Claudia, allem trotzen, was ihrer großen Liebe entgegenstand!

Durch die Fischergasse mit ihren gotischen Häusern gingen sie weiter, schlüpften durch einen malerischen kleinen Durchgang zur Gerbergasse, wo der Rundblick sie überwältigte, und gelangten schließlich zu den gepflegten weiten Rasenflächen am See, wo das Wasser leicht in der Sonne glitzerte.

Ein Restaurant war dicht ans Ufer gebaut. Claudias Blick glitt über die Menschen, die an den Tischen saßen: Eine fröhliche Familie mit lebhaften Kindern, ein altes Paar, ein junges Mädchen mit ihrem Begleiter – und dann traf sie ein Donnerschlag: Der Mann hatte eine Wendung gemacht, so dass sie plötzlich sein Profil sah – und es war Emil! Der Gedanke, er habe von ihrem Aufenthalt hier erfahren, und er sei da, um sie zu suchen, ließ sich leider nicht aufrecht erhalten. Zu gut kannte sie die Art, wie er sich nun dem Mädchen zuneigte, ihr nachschenkte, seine Lippen an ihr Ohr brachte, und Claudia glaubte fast, seine samtige Stimme liebe Worte flüstern zu hören.

Mathilde hatte bemerkt, wie Claudia erstarrt war und, ihrem Blick folgend, erriet sie sogleich, was da vorging. Sie blieb daher an der Seite ihrer Enkelin geduldig stehen, beobachtete teilnahmsvoll, wie diese zuerst errötete und dann schneebleich wurde, warf aber auch einen prüfenden Blick auf den Gegenstand dieser heftigen Gefühle. Kein Wunder, dass er auf ein junges Herz Eindruck machte. Er sah sehr gut aus, bewegte sich selbstsicher und doch mit einer charmanten Fürsorglichkeit, aber es entging ihr auch nicht sein hektisches Rauchen und der leicht verlebte Zug um seinen Mund. Das Mädchen an seiner Seite war grell geschminkt und wirkte aufreizend kokett.

Nach einer kurzen Weile hatte Claudia sich gefasst, sie packte die Großmutter am Arm und zog sie mit sich fort. Sie sagte lange kein Wort. Auch Mathilde brach das Schweigen nicht. Sie setzten den geplanten Rundgang zum Marktplatz fort.

Da lagen die beiden Kirchen, das reizvoll unsymmetrische Haus mit dem klangvollen Namen „Zum Cavazzen", der Gasthof „Zum Stift" und andere majestätische Gebäude in lockerem Bogen um den Brunnen, aber die beiden Besucherinnen nahmen nicht viel davon auf. Die Ältere erinnerte sich, wie schmerzlich berührt sie vor einiger Zeit gelesen hatte, die Decke der Marien-Stiftkirche sei herabgestürzt, und sie konnte sich vorstellen, dass es im Inneren ihres Schützlings nun ebenso aussah.

Aber der Wiederaufbau der Kirche war in vollem Gang, bald würde der wunderbare Raum in neuem Glanz erstrahlen. Sie hoffte innig, dass ihre Enkelin nach diesem schlimmen, aber klärenden Schlag beginnen würde, ihre Enttäuschung zu verarbeiten und dass sie bald wieder das sonnige Wesen von früher sein würde, wenn auch reifer geworden. Auch sie hatte ihren Gatten, mit dem sie doch ein langes, wechselvolles Leben verbunden hatte, tief betrauert und sich dann allmählich wieder neuen Aufgaben zugewandt.

Das Mittagsmahl im nahen Gasthof verlief ziemlich schweigsam, dann raffte Claudia sich auf und sagte opfermutig: „Omilein, du wolltest doch so gern ins Stadtmuseum – das könnten wir nun besuchen." Mathilde lächelte erfreut, teils, weil sie wirklich gern dahin wollte, noch mehr aber, weil die Kleine versuchte, tapfer zu sein. Der begreifliche Schmerz würde auch noch zu seinem Recht kommen. Auf ihr Mittagsschläfchen konnte sie heute verzichten.

So betraten sie das Museum. Mathilde zeigte dem Mädchen die schönsten Bilder, wunderbare Möbel und anderes aus der Vergangenheit, und sie plauderte so anregend, dass Claudia von ihrer Begeisterung mitgerissen wurde. Da hätte Emil nicht mithalten können. Bei ihren gemeinsamen Träumen über die geplante Reise hatten nur schicke Restaurants und ein Abstecher ins Lindauer Spielkasino eine Rolle gespielt. Als sie von einer Opernaufführung auf dem See gesprochen hatte, war ein gelangweilter Zug in sein Gesicht gekommen, er hatte sie obenhin geküsst und gemeint: „Alles, was du willst, mein Schatz!" Jetzt wusste sie genau, dass er niemals interessiert oder auch nur geduldig gewesen wäre. Sie verscheuchte diese Gedanken rasch und vertiefte sich weiter in die ausgestellten Gegenstände.

Dann gingen sie weiter an der Heidenmauer vorbei zur Seebrücke zurück und am Uferweg den „Kleinen See" entlang. Mathilde betrachtete interessiert die Inselhalle, in der gerade ein Kongress stattfand. Als ihr verstorbener Mann noch aktiv war, hatte sie ihn ein paar Mal zu Tagungen nach Lindau begleitet; deren Zentrum war damals noch im Stadttheater gelegen.

In einer Parkanlage am See ließen sich die beiden auf eine Bank nieder. Mathilde fand nun Zeit und Ort günstig, das Mädchen zum

Sprechen zu bringen. „Es gibt Begegnungen, die im Leben eine große Wende bringen", sagte sie behutsam und schaute auf den See hinaus. „Ach, Omi", weinte Claudia auf, „du weißt ja nicht, wen ich heute begegnet habe, als ich dich so rasch wegzog. Es war ja Emil, Emil mit einer anderen – und was für einer anderen – wie hat er mich für so eine so schnell vergessen können!" Wie ein Sturzbach kamen bittere Worte aus dem sonst so weichen Mund. Mathilde ließ das Kind gewähren, fügte nur manchmal ein Wort des Verständnisses ein, bis der ärgste Sturm verebbt war.

Da kam dann auch Claudias geheimer Plan heraus, Emil einen Brief zu schicken, den sie schon in der Tasche hatte. Sie pries sich glücklich, dass sie ihn noch nicht abgesendet hatte. „Bist du mir nun böse, dass ich so undankbar und hinterlistig war? Dass ich an das Ungeheuer gedacht habe, statt an dich?" „Aber, aber," begütigte Mathilde. „Wer kann denn gegen seine Gefühle an? Du bist noch viel zu jung, als dass der Verstand ihnen schon immer die Waage halten könnte!" Sie vermied es, hinzuzufügen, dass kluge Eltern eben in die Bresche springen mussten. Ihr Sohn und ihre Schwiegertochter waren ihrem Dafürhalten nach ebenfalls nicht allzu klug vorgegangen. Man konnte von Glück reden, dass Claudia rechtzeitig und unter günstigen Umständen die Augen geöffnet worden waren. Claudia schien hinsichtlich ihrer Eltern auf ähnliche Gedanken gekommen zu sein, denn sie meinte heftig: „Mama konnte doch gar nicht wissen ..." und verstummte dann. „Es hat dich geärgert, dass sie ihn von vornherein verurteilt und schlecht gemacht haben?", sagte die Großmutter leise; „nun tut es doppelt weh, dass sie –" „dass sie Recht behalten haben", sage das Mädchen heftig, als wolle sie sich den Dolch vollends ins Herz stoßen. „Aber er war doch gerade so – so –" „lieb und verständnisvoll?" half Mathilde aus, das junge Ding nickte verzweifelt.

Dann wurde sie wieder nachdenklich. War er wirklich verständnisvoll gewesen? Hatte er nicht mit Zärtlichkeit und scheinbarer Nachgiebigkeit auf ihre Einwände reagiert und sie dann doch ignoriert? Wie hatte sie nur so dumm sein können, auf ihn hereinzufallen? „Ach, Omi, wenn es nicht so schön gewesen wäre!", schluchzte sie dann wieder. Mathilde fuhr fort: „So schön, jemanden zu haben, der sich aus dir etwas machte ..." Sie nickte dankbar. „Ich kam mir so erwachsen vor und die anderen Mädel haben mich beneidet ..." Sogleich überschwemmte sie der ganze Jammer über die Demütigung, die sie nun fühlte. Mathilde ging behutsam mit allen widersprechenden Gefühlsregungen mit und hatte am Ende des langen Gesprächs den beruhigenden Eindruck, dass Claudia auf gutem Weg war, über ihr Erlebnis hinwegzukommen, wenn sie auch beteuerte, sie würde nie, nie mehr jemanden lieben können.

Es war Abend geworden. Die Sonne versank rotglühend hinter dem „Kleinen See", und eng aneinandergeschmiegt schauten die beiden Frauen in den Glanz und gaben sich dem wehmütigen Frieden der Natur hin.

Sie unternahmen nicht viel an diesem Abend. Mathilde spürte ihr versäumtes Mittagsschläfchen und Claudia war von ihren

Gefühlsstürmen so erschöpft, dass sie nur noch nach Ruhe verlangte.

Am anderen Morgen wollte Mathilde ein paar Briefe schreiben und Claudia nahm ein Bad im Schwimmbecken des Hotels. Als sie aus dem Wasser stieg, hörte sie in den Büschen ein heftiges Geflatter. Sie schaute nach. Da hatte sich eine Amsel mit ihrem Füßchen in einem Gewirr von Wurzelfasern verfangen und konnte nicht loskommen. Das Mädchen griff vorsichtig nach dem Vogel, um ihm zu helfen, und er schmiegte sich ganz ruhig in ihre Hand. Die Fasern waren so stark, dass Claudia sie nicht zerreißen konnte, ohne dem Tierchen weh zu tun. Sie legte es sacht auf den Boden, wo es vertrauensvoll regungslos liegen blieb, und löste dann mit beiden Händen eine Faser nach der anderen von den Zehen. Es fehlten, wohl durch einen früheren Unfall, zwei davon, und das war auch der Grund für die unglückliche Verstrickung. Als das Füßchen frei war, schoss die Amsel mit einem Satz in die Luft und verschwand. Claudia sah ihr sinnend nach. Würde ihr Herz auch einmal wieder frei sein und die Schlingen ihrer enttäuschten Liebe abstreifen können?

Am Nachmittag spazierten Großmutter und Enkelin von der Hafenmole aus über den gepflegten Uferweg der Hinteren Insel, betrachteten den runden Pulverturm mit seinem tief in die Stirn gezogenen spitzen Dach und ließen von der Pulverschanze aus den prächtigen Rundblick auf sich wirken.

Unten am Ufer machte ein Schwanenpaar mit seinen vier Jungen gerade den ersten Ausflug ins Wasser. Fürsorglich achteten Vater und Mutter darauf, die Kleinen immer zwischen sich zu behalten. Deren grauer Flaum ließ nicht ahnen, dass auch sie einmal die gleiche weiße Pracht wie ihre Eltern tragen würden. Mathilde erzählte lachend, dass sie hier in Lindau einmal eine Ansichtskarte mit einer Schwanenfamilie gesehen hatte, auf der die jungen Schwänchen goldgelb retuschiert waren. Das hatte zwar sehr herzig ausgesehen, aber sie war nicht darauf hereingefallen.

Als sie wieder auf den See schauten, kam das Schwanenpaar gerade zurückgeschwommen, aber wo waren die Kleinen? Erst als die

Vögel ganz beim Ufer waren, sah man zwischen den Federn der Mutter vier Köpfchen hervorlugen und die vier Kinderchen sprangen ausgeruht und fröhlich ans Ufer. Mathilde beobachtete, wie zärtlich-begeistert Claudia das traute Familienleben betrachtete, und sie dachte an die Zeit zurück, als auch ihre Kinder solche flaumige Vögelchen gewesen waren. Sie seufzte ein wenig. Es war nicht so leicht, die junge Brut zu beschützen.

Die beiden Spaziergängerinnen überquerten nun auf der hohen Holzbrücke das Bahnhofsgelände und strebten dem Diebsturm mit seinen neckischen vier Dachtürmchen und der Peterskirche zu. Zu ihrer Freude war sie offen und sie konnten in Ruhe die Holbeinfresken studieren. Auch vor dem Bild der Mutter Anna mit Maria und dem Jesuskind blieben sie eine Weile stehen. Claudia fasste nach Mathildes Hand. „Ach, Omi", sagte sie, „das Jesuskind hat ja doch auch eine Großmutter gehabt." Das klang so befriedigt, dass es Mathilde warm ums Herz wurde.

Für den Abend hatten sie Theaterkarten, und Claudia war sehr überrascht, im Inneren eines schönen alten Kirchengebäudes ein stimmungsvolles modernes Theater vorzufinden. Es wurde ein Lustspiel gegeben und Großmutter und Enkelin unterhielten sich großartig.

Auch in den nächsten Tagen machten sie Streifzüge durch die Inselstadt und ihre versteckten alten Gässchen, sie wanderten oder fuhren über die Brücke aufs Festland, kehrten da und dort ein oder rasteten an hübschen Plätzen.

Noch mehrmals kam das Gespräch auf Claudias Erlebnis, es flossen auch gelegentlich noch Tränen, und es wurden viele Themen berührt, die einem jungen Menschen auf der Seele brennen.

Allzu bald war der Urlaub zu Ende. Die Heimreise sollte über eine andere Strecke erfolgen und zu Schiff begonnen werden. Als die beiden an Deck standen und das Schiff den schützenden Hafen verließ, schaute Claudia auf Lindau zurück. Dann sagte sie mit einem Seufzer: „Ich glaube, man wird erst erwachsen, wenn man einen Kummer überstanden hat." Nach einer langen Pause fügte sie hinzu: „So hat alles doch eine gute Lösung gefunden, zusammen mit dir, Omi – in Lindau!"

Lindau, Hafeneinfahrt

Regen

Der alte Mann im Lehnstuhl schaute zu, wie sich die Bäume vor seinem Fenster im Wind bogen. Gerade hatte er den Garten gejätet und sich ein wenig Ruhe verdient. Mochte der Himmel nun das Gießen übernehmen.

Es wurde dunkler, erste Tropfen pochten an die Scheiben, bildeten kleine Rinnsale, dann Bächlein, bis das Fenster von einem fließende Wasserfilm überzogen war und das Rauschen und Trommeln eine gleichmäßige Klangkulisse bildete. Er schloss die Augen.

Plötzlich fühlte er sich in seine Kindheit versetzt. Er kauerte mit der kleinen Resi aus dem Nachbarhaus in einer Ecke ihres Dachbodens, wo sie sich eine Puppenstube eingerichtet hatte, und lauschte auf das Rauschen und Trommeln auf dem Dach über ihnen. Sie hielt eine Puppe an sich gedrückt und wiegte sie, er ließ das Messer sinken, mit dem er gerade an einem Puppenstühlchen herumgeschnitzt hatte, und heute noch überkam ihn die Süße jener kindlichen Geborgenheit.

Das Bild wechselte. Es war nun der Brunnen vor dem Haus, der rauschte. Resi ließ im Trog, der aus einem gehöhlten Baumstamm bestand, ihre Papierschifflein schwimmen und er lenkte übermütig den Strahl auf Vorüberkommende. Auf einmal rief sie: „Schau, wie schön!" und wies auf den Regenbogen, der in dem feinen Wasserschleier tanzte. Die Neckerei war vergessen, er bemühte sich, den Strahl so zu führen, dass immer neue Regenbogen entstanden, und freute sich an ihrem Entzücken.

Die Zeit sprang ein paar Jahre vorwärts, das Rauschen ging weiter. Er stand mit einer Jugendgruppe beim großen Wasserfall, dem Ziel ihrer Wanderung. Resi war auch dabei, aber in aufkommendem Bubenstolz hielt er sich von ihr fern, blinzelte nur aus den Augenwinkeln nach ihren dicken, hellbraunen Zöpfen und schaute betont geradeaus, wenn er merkte, wie sich die Mädchen anstießen und kicherten. Das Wasser sprang rauschend über die Felsen, schwebte in glitzernden Wolken in der Luft, und brodelte, schäumte und drehte sich um die Steine in der Tiefe. Heute noch klang ihm das Tosen in den Ohren.

„Wie dunkel es geworden ist! Soll ich Licht machen?", sagte in diesem Augenblick Resi neben ihm und stellte das Jausentablett auf den großen Tisch an seiner Seite. Er öffnete die Augen und lächelte sie an. Ja, sie war seine Frau geworden, im nächsten Jahr würden sie die goldene Hochzeit feiern. „Lass es dämmerig", sagte er, „das Rauschen des Regens hat mich an unsere Kindertage erinnert." Die Frau hielt ein wenig in ihren Hantierungen inne und schaute zum Fenster. „Schöne und schwere Tage haben wir seither miteinander erlebt", sagte sie still. „Weißt du noch, so hat es damals angefangen, als der Bach hinter dem Haus so anschwoll, dass wir fürchten mussten, er würde es mitreißen!" „Ja", sagte er, „wir wussten in der Eile kaum, was wir zusammenraffen sollten, um es zu retten." Sie schauderte. „Als wir zur Tür hinaus wollten, merkten wir, dass unser kleines Reserl fehlte." „Du hast alles fallen lassen und bist über die Stiege gelaufen, in die Mädchenkammer." „Ich weiß es noch wie heute", sagte die Frau. „Da stand das Kind seelenruhig am Fenster und schaute fasziniert zu, wie sich die braunen Wassermassen vorüberwälzten und alles mitrissen, was sich ihnen in den Weg stellte. Bäume, Steine, Brückenpfosten – mir blieb fast das Herz stehen, aber sie hatte keine Angst."

Der Mann sagte dankbar: „Das Schicksal hat es gut mit uns gemeint, wir konnten bald wieder heimkehren. Und es dauerte nicht lange, da hüpfte das Bächlein wieder klein und harmlos fröhlich dahin." „Die Kinder haben darin geplätschert und Mühlenräder gebastelt, die vom Wasser angetrieben wurden. Einmal hast du ihnen ein ganzes Hämmerwerk mit vielen beweglichen Figürchen gebaut; das war Resis schönstes Geburtstagsgeschenk, sagte sie später." Er lachte. „Wir hatten Bedenken, dass es unsere Sommergäste stören würde und haben es anfangs jeden Abend abgestellt. Die Kinder haben nie vergessen, es in der Früh wieder in Gang zu bringen. Später blieb es, und niemand hat sich beschwert."

„Die Kinder haben das Wasser gerade so

gern gehabt, wie wir früher." Er schaute seine Frau schelmisch an. „Weißt du, dass ich dir beinahe auf der Innbrücke meinen Heiratsantrag gemacht hätte?" „Auf der Innbrücke?", staunte sie. „Wieso da?" „Wir waren mit den Jungbauern nach Innsbruck gefahren, die anderen waren schon vorausgegangen und wir beide standen noch auf der Brücke. Du hattest die Hände aufs Geländer gelegt und wir schauten in die grünen Wellen. Ich legte meine Hand auf deine und räusperte mich. Als ich reden wollte, kam ein Paddelboot den Fluss herunter. Du zogst deine Hand weg, klatschtest und riefst: ‚So möchte ich auch einmal fahren!'" „Ach ja", sagte die Frau, „damals! Aber du hast es nicht lange aufgeschoben. Als wir abends vom Bahnhof heimgingen und die anderen sich schon zerstreut hatten, sind wir uns einig geworden." „Zur Paddelbootfahrt haben wir es zwar nicht gebracht", schmunzelte er, „aber wir sind wenigstens mit dem Dampfer auf der Donau gefahren, durch die Wachau nach Wien, als Hochzeitsreise." „Und auf dem Thiersee hast du mich herumgerudert, nach

dem Passionsspiel", ergänzte sie, schenkte den Kaffee nach und strich Butterbrote.
Dann seufzte sie ein wenig. „Die Kinder freilich, die machen Reisen nicht nur mit dem
Dampfer, sondern auch mit dem Flugzeug."
Er tröstete: „Aber sie kommen auch immer
gern wieder zu uns heim, und dann spielen
die Enkerln am Bach." „Mit dem Dampfer
auf dem Meer", sagte sie versonnen, ohne
auf seine Worte zu achten, „das würde ich
auch gern einmal erleben." „Mit dem Dampfer auf dem Meer –", sagte der Mann ernst,
„auf dem Meer bin ich schon gefahren, aber
es war keine Vergnügungsreise." „Ja", gab sie
zu. „Im Krieg, nach Norwegen hinauf." „Wir
wussten nie, wann uns eine Mine in ein nas-
ses Grab schickt. Ich habe oft auf die großen,
schäumenden Wellen geschaut und an dich
gedacht, wie du wohl mit den drei kleinen
Kindern ohne mich zurechtkommst!" „Und
ich habe immer um dich gebangt und für
dich gebetet." „Nach dem Krieg, da waren
es dann bald fünf", lächelte er. Aber sie kam
wieder auf ihr Thema zurück. „Was meinst
du, wie das wäre – eine Mittelmeerkreuz-

fahrt", sie sprach das Wort fast feierlich aus, „zur goldenen Hochzeit?" Er schaute sie überrascht an. „So kenne ich dich ja gar nicht? So abenteuerlustig? Außer damals mit der Paddelbootidee." Sie schmiegte sich an ihn. „Die Hanni hat mir den Floh ins Ohr gesetzt. Zuerst wollte ich nichts davon wissen, aber der Gedanke gefällt mir immer besser!" Sie griff in die Schürzentasche und holte ein paar Prospekte hervor. „Die hat die Hanni mir gestern da gelassen, und die Kinder wollen für uns zusammensteuern", sagte sie wie entschuldigend. „Also dann, auf ans Meer — wenn's die Kinder schon so gut mit uns meinen!", stimmte er zu.

Draußen hatte der Regen aufgehört, es war wieder heller geworden. Letzte Sonnenstrahlen fielen schräg durchs Fenster und vergoldeten die herben Gesichter der beiden alten Leute, die friedlich miteinander Kaffee tranken und daneben eifrig Reispläne schmiedeten.

Auf der Bozner Wassermauer

Walter ging langsam die „Wassermauer" hinauf. Die Herbstsonne hüllte die Promenade in wohlige Wärme und sein Herz wurde mit wehmütiger Wärme erfüllt. Er sog alles um sich auf, als sähe er es zum ersten Mal: Die mächtigen Bäume zu beiden Seiten – Ahorne, Akazien, Zedern, dazwischen die schlanken Säulen von Thujen, einzelne Eichen und Birken, sogar ein paar Palmen waren da. Hatte es die früher auch schon gegeben? Wie lang war er nicht mehr hier gewesen? Es mussten wohl mehr als 30 Jahre sein.

Er schaute nach dem Rosengarten, aber den sah man erst weiter vorn. Rechts erhob sich Schloss Maretsch über ein paar blühenden Rosenbüschen.

Es gab da eine Ausstellung. Vielleicht konnte er die besuchen und das alte Gemäuer besichtigen.

Links dehnten sich Rasenflächen und einige Sportanlagen längs der Talfer, deren

Wasser man aber nicht sah. War da nicht damals noch einfach ein Flussbett mit Sand und Steinen gewesen? Am anderen Ufer der runde Turm – wie hieß er doch? Ach ja, das war der „G'scheibte Turm". Ein Kirchlein auf der Anhöhe – dessen Namen hatte er nie gewusst.

Er steuerte auf eine Bank zu – da waren sie ja, diese besonderen Bänke, deren Lehne man umstellen konnte, je nachdem, ob man zur Promenade oder zur Umgebung schauen wollte.

Ein paar Spatzen stoben davon, und er setzte sich, so wie die Lehne gestanden war, mit dem Blick zu den Vorübergehenden. Eine junge Frau kam mit einem leeren Kinderwagen, das etwa zweijährige Bübchen tappte vor ihr her. Es kam auf ihn zu und blieb vor ihm stehen. Die Mutter hob es auf und setzte sich neben ihn. Er lächelte die beiden an und es überkam ihn zu sagen: „So alt könnten wohl meine Enkel sein, falls ich welche habe." Sie überlegte einen Augenblick. Er hatte nicht gesagt: „Wenn ich welche hätte", – da wäre es sicher gewesen, dass er keine hatte. Aber offenbar wusste er nicht, ob es so war. Er tat ihr Leid und sie sagte mit einem Anteil nehmenden Blick: „'Falls ich welche habe' – wissen Sie es denn nicht?" Ihr Mitgefühl tat ihm wohl und er sagte: „Ach, wissen Sie, das ist eine lange und traurige Geschichte." Sie lehnte sich zurück und schien bereit, die „lange und traurige Geschichte" anzuhören. Er stellte sich vor, auch sie nannte ihren Namen: Hildegard. Der Kleine war in ihren Armen eingeschlafen. Gegen seine Gewohnheit begann Walter zu sprechen und es tat ihm wohl.

„Ich bin in Wien aufgewachsen, es waren schlechte Zeiten. Mein Vater war lange arbeitslos, die Mutter ging putzen, so brachte sie mich und ein paar jüngere Geschwister durch. Schließlich bekam er doch eine bescheidene Stelle und ich konnte die Handelsakademie besuchen. Ich fand auch bald einen guten Posten an einer Bank, mit besten Zukunftsaussichten – tatsächlich bin ich ja jetzt als Bankdirektor in Pension gegangen – und wir alle hatten eine recht gute Zeit.

Nach ein paar Jahren wollte ich im Urlaub

Südtirol kennen lernen und ich machte mit einem Freund eine Wanderung in dieser schönen Gegend.

Als wir nach Bozen kamen, setzten wir uns beim Denkmal meines Namensvetters, des Walther von der Vogelweide, auf eine Bank und verzehrten unsere Jause. Aber das stand damals in einer kleinen Anlage, nicht auf dem Platz, wo ich es gestern gesehen habe.

Auf der Bank daneben saßen zwei junge Mädchen. Mein Freund rief ihnen ein paar scherzhafte Worte zu, und die eine der beiden, eine lebhafte Blondine, ging darauf ein. Die andere war eher ruhig, aber sie protestierte auch nicht, als wir uns zu ihnen setzten. Und, nun ja, in die habe ich mich gleich verliebt." Er schwieg, in Erinnerung versunken. Dann fuhr er fort: „Sie hieß Lene." Ihr Blick wurde aufmerksamer, aber sie sagte nichts. „Mein Freund setzte die Wanderung fort, ich aber verabredete mich mit ihr und blieb die restlichen Urlaubstage in Bozen. Sie kam von einem der Höfe in der Umgebung und arbeitete da. Wir hatten eine schöne Zeit, ein paarmal waren wir auch hier auf der Wassermauer." Er blickte lächelnd um sich. „Und dann passierte es eben ...", er seufzte. Die Zuhörerin erriet, was dann eben passiert war. „Ich fuhr heim und wir schrieben einander, und eines Tages teilte sie mir mit, dass sie ein Kind erwarte. Natürlich schlug ich ihr im nächsten Brief vor, sofort zu heiraten – vorher war das nur ein vager Zukunftsplan gewesen. Aber sie wollte nicht nach Wien kommen und ich wollte meine gute Stelle nicht aufgeben. In Bozen hätte ich mich als Österreicher schwer getan, etwas Entsprechendes zu finden. Sie hasste die Großstadt und beharrte eigensinnig darauf, im Land ihrer Väter bleiben zu wollen. Keiner gab nach. Wessen Fehler war das?" Seine Nachbarin wiederholte nachdenklich: „Ja, wessen Fehler war das?" Es schien, dass ihr die Frage auch persönlich zu denken gab.

„Unser Briefwechsel wurde immer aggressiver und dann immer seltener. Schließlich bekam ich eine Geburtsanzeige – ein kleines Mädchen, das Eva getauft werden sollte.

Ich schrieb wieder von Heirat, bekam keine Antwort, und der nächste Brief kam zurück: Annahme verweigert." Dann schwieg er.

Hildegard atmete tief, schaute ihn ernst an und sagte: „Ich glaube, ich kenne Ihre Tochter Eva." Er schien zuerst nicht zu begreifen und sie wiederholte: „Ich kenne eine Eva, deren Mutter Lene hieß, sie lebt nicht mehr. Vom Vater weiß sie nur, dass er Walter hieß und aus Wien war, weiter gab es ihn nicht. Das kann doch wohl kein Zufall sein." Er stieß hervor: „Lenes Tochter – eine Tochter – meine Tochter!" Und dann: „Lene ist gestorben, aber Eva lebt! Bringen Sie mich zu ihr!" Die Frau lächelte. „Sachte, sachte! So einfach ist das nicht. Ich muss sie erst darauf vorbereiten und einiges muss erst geklärt werden." Er fuhr sich mit der Hand über die Stirn. „Geklärt werden. Natürlich! Was weiß sie denn von mir?" „Das ist es ja. Sie weiß eben nur, dass Sie Walter heißen und ihre Mutter nicht geheiratet haben. Mehr hat sie mir nicht erzählt. Wir haben uns in der Klinik kennen gelernt, als ich meinen Sohn bekam – ach ja, da bekam sie gerade ihr zweites Kind – Sie haben also zwei Enkel! Und wir sind seither befreundet." „Zwei Enkel?", bohrte er aufgeregt nach. „Ein achtjähriges Mädchen mit dem Namen Jasmin und eben den Zweijährigen. Übrigens heißt er Walter." Er schnappte nach Luft, dann fragte er dringend: „Wann können wir das klären? Heute noch?" Sie überlegte. „Ich möchte sie nicht zu sehr überrumpeln. Aber morgen treffen wir uns ohnehin. Wo kann ich Ihnen Bescheid geben?" Walter nannte ihr sein Hotel und dessen Telefonnummer, dann trennten sie sich.

Hildegard und Eva trafen einander beim Obstmarkt.

Der Einkauf war leichter und vergnüglicher, wenn eine von ihnen auf die Kleinkinder schaute und die andere ungestört wählen konnte. Das größere Mädchen war ja in der Schule.

Hildegard wollte nicht mit der Tür ins Haus fallen. Erst als die Einkäufe beendet waren, sagte sie der Freundin, sie müsse etwas mit ihr besprechen, und sie fragte, ob sie zu ihr nach Hause kommen dürfe. Eva war gleich einverstanden und neugierig, aber sie erfuhr noch nichts. Erst als die Kinder im Kinderzimmer gut aufgehoben waren, fragte Hildegard: „Warum haben deine Eltern nicht geheiratet?" Eva war verblüfft. „Warum willst du das jetzt gerade wissen?" „Es hängt mit dem zusammen, was ich dir erzählen möchte." „Nun", sagte die Gefragte. „Ganz klar ist es mir nicht. Mutter wollte nicht darüber reden; sie meinte, Vater hätte nicht gewollt. Aber als ich später wieder fragte, ließ sie durchblicken, dass es vielleicht auch an ihr, an ihrer Heimattreue, gelegen habe. Ich habe das nie richtig verstanden. Jedenfalls hat mein Vater sich nie um mich gekümmert." Nun erzählte ihr Hildegard, was sie am Vortag erlebt und erfahren hatte. Eva wurde sehr nachdenklich. Auf einmal murmelte sie: „Nun verstehe ich, was Mutter mehrmals auf dem Sterbebett gesagt hat: ‚Ich hätte den Brief nicht zurückschicken dürfen, das hätte ich deinetwegen nicht dürfen.' Ich wusste nie, was sie damit meinte." Dann sprach Eva weiter: „Nun kann ich also meinen Vater kennen lernen. Ich habe oft über ihn nach-

gedacht, und als Mutter ihren Anteil einge-
stand, fast zum Trotz den Kleinen nach ihm
genannt."

Nach einer Weile meinte sie: „Vater könnte ja heute am Abend noch zu uns kommen,
mein Mann hat sicher nichts dagegen, und
dann kann er auch gleich ihn und die Enkel-
kinder sehen." Hildegard versprach, ihn zu
verständigen.

So geschah es.

Es war eine rührende Szene, als Walter
plötzlich nicht nur seine erwachsene Tochter, sondern auch deren Familie kennen
lernte. Er sah, dass Eva einen netten Mann
in guten Verhältnissen geheiratet hatte und
dass die Sorgen, die er sich manchmal um sie
und ihre Mutter gemacht hatte, unbegrün-
det waren. Er selber hatte nie geheiratet.

Eva kam dann auch auf den zurückge-
schickten Brief zu sprechen. Sie kannte ja den
geraden Charakter ihrer Mutter, die nichts
mehr hasste als ungeklärte Verhältnisse. Sie
hatte auch sonst manchmal Entscheidungen
„übers Knie gebrochen", wie man so sagt.
Nun wusste sie, dass es nicht an ihrem Vater

gelegen war, dass er „sich nie um sie gekümmert hatte".

Die Kinder waren zuerst scheu, aber sie wurden bald zutraulich und Jasmin kletterte auf seinen Schoß und gab ihm ein Bussi. Natürlich war Walter von ihr besonders entzückt und versprach, sie am nächsten Tag abzuholen, um mit ihr zur Wassermauer zu gehen. Dort gab es ja jetzt ein Café und da konnte er ihr ein Eis spendieren.

Aber dann stellte sich heraus, dass sie einen besonderen Wunsch hatte: „Kannst du mit mir in das Schokoladegeschäft beim Obstmarkt gehen?" Eva lachte. „Mit dieser Idee liegt sie mir ständig in den Ohren, seit wir bei ihrem letzten Geburtstag dort waren." Sie wandte sich zum Mädchen: „Das kann man freilich nicht immer machen, aber nun ist ein besonderer Anlass, und wenn der Opa mag, wird er dich sicher dort hin führen!"

Nun dachte er erst an die kleinen Mitbringsel, die er, beraten von Hildegard, schon für Eva, Jasmin und den kleinen Walter vorbereitet hatte, und er holte sie aus der Tasche. Sie

Auf der Wassermauer in Bozen

fanden großen Anklang. Das Kind bewegte seine Rassel und lachte bei ihrem Geräusch so fröhlich, dass er ganz entzückt war.

Mit Jasmins neuem Vorschlag war der Opa natürlich einverstanden und das würde nun auch für ihn ein Ereignis sein: als Großvater mit der Enkelin „auszugehen".

Am Vormittag, als Jasmin in der Schule war, fuhr er mit Eva zum Friedhof, zu Lenes Grab, und schickte ein versöhnliches Gebet zum Himmel.

Am Nachmittag fand dann der Besuch mit Jasmin im großen Schokoladegeschäft statt, und man wusste nicht, wer das mehr genoss: der Opa oder sie!

Am Wochenende war die ganze Familie beim Spaziergang auf der Wassermauer vereint. Da war auch Hildegard dabei, der die erfolgreiche Vermittlung zu danken war, und so folgte auf den ersten, wehmütigen Besuch an diesem Ort nun der zweite, wunderbar glückliche.

Eheprozess

Als Studentin verbrachte ich mit Kolleginnen und Kollegen eine Ferienwoche im wunderschön, nahe bei einem kleinen See gelegenen Bildungshaus St. Michael. Mit uns zugleich weilte eine Gruppe junger Franzosen im Rahmen einer Österreich-Rundfahrt dort.

Neben Wanderungen, Spiel und Tanz genossen wir auch Vorträge von prominenten Theologen. So hielt an einem heißen Tag der berühmte Karl Rahner einen hochtheologischen Vortrag, dem schon wir Einheimischen kaum folge konnten, geschweige denn die armen Gäste. Ein anderes Mal kam Bruno Wechner, der spätere Bischof von Vorarlberg, damals Leiter des kirchlichen Diözesangerichtes, und er wusste mit uns besser umzugehen.

Er griff auf seine Praxis zurück, zu der es gehörte, Prozesse in Bezug auf die Gültigkeit von Ehen zu führen, und von einem solchen Fall berichtete er. Ich möchte euch diese Geschichte erzählen:

Ein Bauer in einem Tiroler Tal hatte sich einen Schwiegersohn ausgesucht, den Besitzer eines Hofes in der Nachbarschaft. Die Tochter hatte gegen den jungen Mann nichts einzuwenden – außer, dass sie ihn nicht liebte und daher auch nicht heiraten wollte. Der patriarchalische Vater ließ das nicht gelten und drängte, ja bedrängte das Mädchen, es fielen Worte wie „ungeratene Tochter" und „Eltern ins Grab bringen", und das ging so lange, bis sie nachgab und die Ehe geschlossen wurde. Aber die junge Frau war unglücklich.

Schließlich machte sie in ihrer Not eine Wallfahrt. In der Kirche fand sie in einem Gebetbuch die Gründe, die eine Ehe ungültig machen, darunter auch, wenn sie unter Furcht und Zwang geschlossen ist. Sie ging sofort zum dortigen Pfarrer, der ihr das bestätigte. Daraufhin kehrte sie nicht zu ihrem Mann, sondern in ihr Elternhaus zurück und reichte beim kirchlichen Gericht die Klage ein.

Natürlich dauert so ein Verfahren seine Zeit. Inzwischen stellte sich heraus, dass sie schwanger war. Ihr Mann ließ ihr sagen, er lasse Tag und Nacht das Haustor offen, sie könne zu jeder Stunde zu ihm zurückkehren, aber sie blieb bei ihrem Entschluss.

Wechner sagte, solche Prozesse seien im Allgemeinen sehr unerfreulich, es wird schmutzige Wäsche gewaschen und es ist recht schwierig, herauszubekommen, wer die Wahrheit sagt. Dieser Fall war der einzige erfreuliche in seiner Praxis. Alles war sonnenklar, das ganze Dorf bestätigte die Aussage der Frau und eine wunschgemäße Lösung zeichnete sich bereits ab.

Da starb unerwartet die Mutter des jungen Bauern. Ein Hof ohne Frau – ein schwieriges Problem! Das wusste natürlich auch die Widerstrebende. Sie bekam Mitleid, aus Mitleid wurde Liebe, und bald erklärte das Paar dem kirchlichen Gericht, sie wollten wieder heiraten, falls die bestehende Ehe ungültig sei. Dort aber dachte man: Heute so, morgen so, das ist nicht gut, und man schob die Entscheidung bewusst weiter auf. Aber es kamen immer dringendere Briefe, man möge zu einem Urteil kommen und sie nicht länger warten lassen.

Schließlich wurde die Ehe für nichtig erklärt, die jungen Leute heirateten – und es wurde daraus eine glückliche Familie mit vielen Kindern.

Damals hat uns allen der lebendige Vortrag sehr gefallen, und als Wechner auf seinem Motorrad davonbrauste, gaben ihm die begeisterten Franzosen jubelnd das Geleit, solange sie mit dem Tempo Schritt halten konnten.

St. Michael bei Matrei am Brenner

Zwanzig rote Rosen

„Dieser Strauß ist für Sie abgegeben worden, vom Blumenhaus", sagte die Schwester und übergab der alten Patientin, die vor ihr im Bett lag, ein prachtvolles Bouquet. Sie hatte es in eine große Glasvase mit Wasser gestellt und zupfte nun von der Cellophanhülle ein Kärtchen für die Empfängerin. Dann stellte sie die kostbare Gabe aufs Nachtkästchen.

Die Frau las das Briefchen. „Ah", sagte sie, und noch einmal „ah!" Lächelnd legte sie sich zurück in die Kissen. Erst nach einer Weile setzte sie sich wieder auf, entfernte die Hülle von den Blumen und betrachtete sie liebevoll. Es waren zwanzig rote Rosen, mit Blumenschleier dazwischen. Und wieder legte sie sich hin und ließ ihre Gedanken weit in die Vergangenheit schweifen ...

Sie, Rosi Peintner, war damals ein hübsches, lebhaftes Mädchen mit braunen Augen, einer kleinen Stupsnase und einem Grübchen im Kinn. Sie teilte in einer kleinen Universitätsstadt eine Wohngemeinschaft mit ihrer Freundin Nina, einer schlanken Blondine, und zwei Kollegen. Gerade hatte Nina sie aufgesucht und die Mädchen standen vor einem Rosenstrauß.

„Wenn ich es dir doch sage! Es ist wirklich Peter, der mir soeben diesen Strauß mit zwanzig – ich sage dir, zwanzig! – Rosen gebracht hat! Sie müssen ihn ein Vermögen gekostet haben! Und er hat gestottert: ‚Du sollst nicht meinen, dass ich, dass ich – du brauchst dir gar nichts dabei zu denken, aber wo du doch Rosa heißt und morgen ist das Fest ...‘" Rosi machte die leise, zögernde Sprechweise des Kollegen so treffend nach, dass Nina in helles Lachen ausbrach. Sie fuhr fort: „Und dann ist er rasch gegangen, ehe ich mich noch richtig bedanken konnte." „Dabei ist er ja geradezu über seinen Schatten gesprungen", bemerkte Nina kopfschüttelnd. „Ich hätte ihn nie für so romantisch gehalten." Dann fügte sie hinzu: „Nur, dass er dir heimlich nachgeschaut hat, habe ich öfter bemerkt, aber du hast nie darauf geachtet." „Du vielleicht?", schnappte Rosi zurück, doch die Kollegin drehte sich weg und betrachtete wieder die Blumen.

Die vier Mitglieder der WG saßen gelegentlich gemeinsam vor dem Fernseher, aber sonst beschäftigten sie sich nicht viel miteinander, ausgenommen die beiden Mädchen, die oft miteinander ein Kino, eine Party oder eben die Vorlesungen besuchten. Horst war ein langweiliger Streber, der den ganzen Abend und jede freien Tag über seinen Büchern saß, Peter gehörte einer Wandergruppe an, mit der er ständig unterwegs war. Aber nun sagte Rosi: „Ich möchte ja etwas mit Peter machen, aber nicht allein. Vielleicht könnten wir am Sonntag zu viert einen kleinen Ausflug unternehmen, zum Buchenhof beispielsweise! Frag ihn doch, ob er mag!" „Wieso ich?", wunderte sich Nina. „Es sind ja deine Rosen!" Rosi zögerte, und schließlich klopften sie gemeinsam an Peters Tür, der sogleich sehr erfreut auf den Vorschlag einging, und der auch bereit war, Horst einzuladen. Dieser wehrte sich eine Weile, war aber schließlich einverstanden und meinte patzig: „Ihr habt ja Recht, jetzt wohnen wir schon so lange zusammen und kennen uns noch kaum."

So zog am Sonntag die kleine Gruppe durch den spätsommerlichen Wald, an einem kleinen See vorbei, in dem sich die Septembersonne spiegelte, zum Buchenhof. Bald war Nina mit Horst ein Stück voraus und in eine angeregte Diskussion vertieft, während Rosi und Peter langsam hinterher schlenderten. Im Gasthof trafen sie sich wieder, und nun konnte man bemerken, dass Rosi und Peter einander näher gekommen waren.

Von nun an gingen Rosi und Peter öfter miteinander aus, und der schüchterne Peter blühte im Umgang mit dem fröhlichen Mädchen sichtlich auf und wurde auch selber lebhafter.

Ein paar Monate später bekam Rosi ihr lang erstrebtes Stipendium nach Amerika. Mit einem kleinen Fest verabschiedete sie sich von den Kollegen der WG. Sie waren sehr lustig, sogar der steife Horst taute auf und brachte ein launiges, wenn auch ein bisschen holperiges Gedicht vor. Nur Peter war still, man sah ihm an, dass er über die neue Sachlage unglücklich war. Natürlich erbat er sofort Rosis Adresse und es entwickelte sich ein Briefwechsel, der aber von seiner Seite wesentlich intensiver war als von ihrer.

Rosi genoss ihr Amerika-Jahr in vollen Zügen. Nicht nur, dass sie fleißig studierte und alle diesbezüglichen Angebote ausnützte, sondern sie konnte auch Land und Leute kennen lernen, Freundschaft mit amerikanischen Studienkollegen und Kolleginnen schließen, interessante Orte und Objekte aufsuchen, kurz, sie war sehr beschäftigt und glücklich. Dabei wurde ihr Briefwechsel mit Peter, trotz seiner lieben und ausführlichen Briefe, immer dürftiger. Bei einem Ausflug nach South Dakota, als sie Karten mit sich küssenden Chipmunks fand, konnte sie freilich nicht widerstehen, ihm eine solche zu senden.

Wie sie später erfuhr, hatte er sie lange in der Hand gedreht und überlegt, wie ernst sie zu nehmen war.

Aber als sie ihre Adresse wechselte, kam einer seiner Briefe als unzustellbar an ihn zurück. Es war ein harter Schlag für ihn und er sah keine Möglichkeit, daran etwas zu ändern.

Das Jahr ging zu Ende, Rosi kam wieder in die Heimat, schloss ihr Studium ab und trat bald danach in ihrem Heimatort eine Stelle an einer Abendschule an.

Nun besann sie sich auf ihren alten Freund und schickte ihm ein freundliches Briefchen. Zwei Tage später stand ein Blumenbote mit einem Strauß von zwanzig roten Rosen vor ihrer Tür.

Rosi war inzwischen reifer geworden, sie wusste Peters Qualitäten besser zu schätzen und die Freundschaft wurde auch von ihrer Seite intensiver. Als auch er sein Studium beendet hatte, konnte er dank heftiger Bemühungen von seiner Seite, mit Hilfe eines älteren Freundes und mit etwas Glück eine Stelle an derselben Schule antreten, an der auch sie lehrte. Nun dauerte es nicht mehr lange, bis die beiden an den Traualtar traten. Der Brautstrauß bestand aus Rosen – aber diesmal waren es weiße!

Nicht, dass Rosi nicht auch sonst Blumen von ihrem Peter bekommen hätte – aber zwanzig rote Rosen waren es, als sie ihm ein Mädchen schenkte. Zwei Jahre später kamen

Zwillinge zur Welt, zwei Buben, und diesmal hätte er ihr beinahe vierzig der prächtigen Blüten gebracht, aber da sie das ahnte und heftig protestierte, blieb es bei der gewohnten Anzahl.

Die Jahre vergingen, der nächste große Rosenstrauß kam zur Feier der Silberhochzeit, und er war mit stilvollen Silberzweigen aufgeputzt.

Die alte Dame nahm nochmals ihr Briefchen vor.

„Liebste Rosi", stand da. „Die geglückte Operation hat dich mir wiedergeschenkt. An diesem neuen Lebensabschnitt sollen dich wieder Rosen erfreuen, bis ich dich in ein paar Tagen nach Hause holen darf. In tiefer Dankbarkeit

Peter

P.S.: Die nächsten gibt es im Juni zu unserer Goldenen Hochzeit."

Ausflug zum Wasserfall

Das sonntägliche Mittagessen war beendet, es war das dritte oder vierte, seit Alberts endgültiger Heimkehr aus dem Schulheim gewesen. Bisher hatte sich das ungewohnte dauernde Zusammenleben mit dem fünfzehnjährigen gelähmten Sohn ganz gut angelassen, sie hatten ja unter sich und mit ihm vieles besprochen, Aufgaben aufgeteilt und auch die Freizeitgestaltung gut überlegt oder geplant. Heute freilich drohte Krieg.

Die Eltern waren zu einem Seniorennachmittag angemeldet, die Kinder sollten das rollstuhltaugliche Auto haben und der zwanzigjährige Thomas mit den jüngeren Geschwistern einen Ausflug machen. Plötzlich erklärte Thomas: „Ich möchte auch noch die Sabine mitnehmen." Da flog die siebzehnjährige Christel auf: „Dann bleibe ich da, mit der dummen Ziege fahre ich nicht mit. Ich wollte ohnehin lieber ins Kino gehen, und wenn doch noch jemand dabei ist, braucht ihr mich nicht!" Das ging nun Thomas doppelt gegen den Strich. Sabine war sein allerneuester Schwarm, und die Abneigung seiner Schwester gegen sie ärgerte ihn. Aber, was noch schlimmer war: Er hatte Sabine schon eingeladen und ihr versprochen, Christel würde mit Albert auf der Terrasse am See bleiben und sie beide könnten zum Wasserfall hinaufsteigen, worauf sie sich schon sehr freute. Dass er die Rechnung ohne den Wirt gemacht hatte, war ihm nicht so arg erschienen, denn er wusste, dass Christel nicht sehr wanderfreudig war und gern mit Albert ein wenig auf der Strandpromenade spazieren fahren und dann im Café sitzen würde. Dass er freilich Albert nicht allein dort lassen konnte, war ihm klar. Die Mutter versuchte zu vermitteln, zu erforschen, warum Christel so gegen Sabine war. Es war nicht recht herauszubekommen; wohl nur ein Geplänkel unter Teenagern, und es mochte auch schwesterliche Eifersucht mitspielen. Als nun aber herauskam, warum sie unbedingt mit sollte, war es ganz aus. Sie nahm ihre Handtasche und ging wortlos aus dem

Haus. Albert saß mit zusammengebissenen Zähnen am Tisch und schaute seine Eltern an, die es aber nicht klug fanden, ein Machtwort zu sprechen. Hatte er im ersten Augenblick darauf gehofft, so sagte ihm doch seine Vernunft, dass das alles noch schlimmer machen musste, und er stieß hervor: „Das macht doch nichts, ich bleibe eben da!" Thomas wurde rot, einen Augenblick schien es, als ob er schwankend würde, aber dann sagte er: „Danke", nahm den Autoschlüssel und ging. Die Mutter machte sich allein daran, den Tisch abzuräumen und das Geschirr in die Maschine zu schlichten. Normalerweise half eines von der Familie, oft auch der Vater, aber er warf ihr einen Blick zu, dass er bei Albert bleiben wolle. Er setzte sich neben den Sohn. „Hat es weh getan?", fragte er leise. Albert nickte. „Weil es zu Hause das erste Mal war", sagte er. Nach einer Weile fügte er hinzu: „Eigentlich ging es gar nicht um mich. Christel wollte nicht mit Sabine, und Thomas unbedingt mit Sabine gehen!" Er lachte ein bisschen. „Dass ich nicht überall mit kann, weiß ich ja. Es kam nur so aus heiterem Himmel." „Christel ist in der letzten Zeit manchmal ein bisschen schwierig", seufzte der Vater. „Sollen Mutter und ich etwas mit dir machen, freilich ohne das Auto?" „Nein", sagte Albert fest. „Geht ruhig zu eurem Nachmittag, ich komme gut allein zurecht, wie sonst auch." Der Vater setzte ihn an den Computer, den er trotz seiner schlaffen Hände gut bedienen konnte. Die Mutter stellte ihm eine Jause bereit, dann blieb er allein.

Eine knappe halbe Stunde später ging leise die Tür auf und Christel schaute vorsichtig herein. „Bist du allein?", fragte sie und setzte sich neben ihren Bruder. „Verzeih mir, dass ich dir den Ausflug verpatzt habe. Dabei war Susi nicht zu Hause und der Film erst ab 18 Jahren frei." Sie begann zu weinen. „Es ist alles so schrecklich", stieß sie hervor. „Durch mich?", fragte Albert erschrocken. „Aber nein", schluchzte sie. „Susi hat einen Freund und Sabine hatte sich gerühmt, dass Thomas ein Auge auf sie hat, und sie hat mich ausgelacht, dass ich niemanden habe." Albert legte ihr vorsichtig seinen Arm um die Schulter und sagte mitfühlend „Ja, ja –". Er hatte keine Erfahrung mit frustrierten jungen Mädchen, wohl aber mit viel anderem Kummer, und das bewahrte ihn davor, kluge Ratschläge und billigen Trost von sich zu geben. Er sagte nur noch einmal: „Mhm, ja ... " Allmählich beruhigte sich Christel. „Glaubst du, ich bin hässlich?", fragte sie und sah ihn voll an. „Im Gegenteil", sagte er überzeugt. Nun lächelte sie wieder. „Mit dir kann man gut reden." Ein warmes Gefühl stieg in ihm auf. „Ich bin immer für dich da", sagte er einfach.

Sogleich erwachte wieder ihr Vorwitz. „Da ist ja der Brief von deiner Betreuerin im Schulheim. Was schreibt sie?" „Ach ja, diese kleine Geschichte wird dir gefallen. Ich hab dir doch vom Peterle erzählt, der so Heimweh nach seiner ‚Mama', eigentlich einer Kindergärtnerin, hatte. Neulich bekam er ein Paket. Er kroch damit aus dem Zimmer. Als man nach ihm suchte, war er verschwunden. Obwohl der Lift kaputt war, schaute jemand im oberen Stock nach, da war er gerade, das Paket noch verschlossen unter dem Arm, über die Treppe hinauf zur Kapelle gekrochen und sagte vor der Marienstatue: ‚Danke, Himmelmama, dass mir die Mama ein Packerl geschickt hat!' Er hat sich bald eingewöhnt." Christel runzelte die Stirn. „War es schlimm für dich, dass du nicht zu Hause sein konntest?" Er zuckte die Achseln. „Anfangs schon, aber es musste eben sein. Ich wollte ja etwas lernen, und das war hier nicht möglich." Darüber dachte sie noch ein Weilchen nach. Dann sagte sie: „Wollen wir etwas spielen?" Albert war einverstanden.

Thomas kam relativ früh und einsilbig zurück. Man sah ihm an, dass er ärgerlich war. Sabine hatte ihre Koketterie zu dick aufgetragen. Und sie hatte ihrer Genugtuung, dass Albert überhaupt nicht mit war, zu deutlich Ausdruck verliehen.

Als die Eltern am Abend heimkamen, fanden sie die drei Jungen einträchtig beim Spiel.

Der Reisegefährte

„Tante Inge", fragte die halbwüchsige Daniela
ihre Großtante, „warum hast du eigentlich
nicht geheiratet?" Ein Schatten zog flüchtig
über deren Gesicht. Aber ehe sie sich gefasst hatte, um diese unerwartete tiefschür-
fende Frage so einfach wie möglich und so
umfassend wie nötig zu beantworten, waren
die Gedanken der Kleinen schon weitergezo-
gen. „Warst du denn gar nie verliebt?" Nun
musste Inge lächeln. „Aber natürlich, Kindchen", sagte sie, „was denkst denn du?" Das
Mädchen schaute ganz traurig drein. „Das
muss ja furchtbar sein, wenn man jemanden
gern hat und ihn nicht bekommt!" „Nun",
sagte Inge, „es kann das schon ein ganz großer Kummer sein. Aber das Hoffen und Ban-
gen, ja, das Gefühl, jemanden zu mögen, ist
doch auch etwas Schönes und eine solche
Begegnung bleibt in der Erinnerung, wenn
die Enttäuschung schon längst vergessen ist."
Inge blickte über Daniela hinweg und
schwieg. „Denkst du gerade an so jeman-

den?", flüsterte das Mädchen nach einer Weile. „Das muss ja schon furchtbar lange her sein, nicht wahr?" Inge lachte hellauf. „Vor der Liebe ist man nie gefeit! Als Beispiel will ich dir eine wahre Geschichte erzählen, die Geschichte von einer Begegnung ohne Happy End. Die Heldin war sicher schon ein gutes Stück über die Fünfzig hinaus."

Daniela zog sogleich die Beine hoch und kuschelte sich erwartungsvoll in den großen Lehnstuhl. Sie hörte zu gern ihrer Großtante zu, die sehr lebendig zu erzählen verstand und die ihr schon, als sie noch klein war, die schönsten Märchen erzählt hatte. Aber nun gar eine wahre Geschichte! Inge ließ das Strickzeug sinken und begann:

„In froher Erwartung stieg Karin in den Bus, der sie nach Urbino bringen sollte. Sie kannte die bezaubernde alte Stadt schon von früheren Besuchen; um so mehr freute sie sich auch dieses Jahr wieder darauf. Sie lächelte für sich, als ihr einfiel, wie sie vor gut 20 Jahren einmal, ebenfalls von einem der Badeorte um Rimini aus, auf eigene Faust hingefahren war.

Beim Fahrkartenkauf war der Schalterbeamte mit den Worten: ‚Che vuole in Urbino? Visitare Raffaello?' in schallendes Gelächter ausgebrochen. Freilich ging der Zug nur bis Pesaro, von dort hatte sie einen Linienbus benützt. Sie erinnerte sich, wie sie in der Wartezeit von einem vorspringenden Abschnitt der Uferpromenade aus aufs Meer hinausgeschaut hatte, das sich spiegelblank zu ihren Füßen ausgebreitet hatte und mit Booten aller Art übersät gewesen war. Damals hatte ein solches Verlangen sie erfasst, auf diese glatte Fläche hinaus zu spazieren, dass das Bewusstsein der Unmöglichkeit ihr einen Schauer über den Rücken gejagt hatte.

Und sie dachte an den freundlichen Polizisten in Urbino, der sie zu den Sehenswürdigkeiten gewiesen oder teilweise sogar begleitet hatte – zu Raphaels Geburtshaus mit einem frühen Fresco von ihm, zur erschütternden Pieta in der Krypta des Domes, zum Palast, und der sie durchaus überreden hatte wollen, ihren Tagesausflug zu verlängern.

Trotz ihrer Ablehnung war er auch weiterhin, als sie ihm gelegentlich wieder über den Weg lief, höflich und hilfsbereit geblieben. Damals war Urbino noch nicht auf Fremdenverkehr eingestellt gewesen. Man hatte fast nirgends Eintritt verlangt, die Leute hatten ihre Schätze gern hergezeigt.

Nun saß Karin also auf ihrem nummerierten Platz in einem Gesellschaftsbus und würde unter sachkundiger Führung die Kunstschätze und die malerische Kulisse der Stadt nochmals erleben.

In den nächsten Badeorten hielt der Bus wieder an, um weitere Gäste aufzunehmen. Ein hochgewachsener Mann, schlank, gebräunt, mit weißem Haar, stieg mit einigen anderen zu. Er gefiel Karin. Und siehe da, er steuerte auf den Platz an ihrer Seite zu – und er grüßte deutsch. Tatsächlich hatte er die Platznummer neben ihr.

Es entspann sich ein angeregtes Gespräch. Er war sehr gern am Meer, und besonders liebte er es, in den Morgenstunden, wenn noch wenige Leute unterwegs waren, am Strand zu wandern. Karin kannte den Ort, in dem er wohnte, ebenfalls von einem früheren Aufenthalt her, aber es hatte sich da in der Zwischenzeit manches verändert.

Sie war schon oft in der Gegend gewesen, kam immer wieder her und genoss jeden neuen Aufenthalt. Sie konnte verschiedene Hinweise geben. Man sprach über das heutige Reiseziel, über Land und Leute, von der Sommerzeit, vom Wetter – er erwähnte ein Telefongespräch mit seinem Sohn in Linz, wo es natürlich viel schlechter war als hier. Von einer Gattin sagte er nichts, und Karin hielt ihn für einen Witwer.

In Urbino besichtigte die Gesellschaft den Palast und besonders die Gemäldesammlung. Karin blieb nicht immer an seiner Seite, aber sie traf in dem und jenem Saal wieder mit ihm zusammen, und die beiden tauschten ihre Meinungen über bestimmte Bilder aus. Nach der Führung nahmen sie an einem kleinen Tischchen auf dem Platz gemeinsam eine Erfrischung – es war ein heißer Tag, der auch im hochgelegenen Urbino durchaus fühlbar war.

Karin war enttäuscht, dass die Führung den Dom und das Raffaelhaus nicht einbezogen hatte, und sie schlug vor, das Versäumte selbst nachzuholen. Der Reisegefährte war erfreut über die Idee. Sie kamen auch bald zu dem alten winkeligen Haus, wo eine Madonna an einer Wand Zeugnis von der frühen Meisterschaft des Malers ablegte. Viel später hörte Karin allerdings, dass sie doch nicht von Raffael stammen solle. Sie sahen den Dom, doch leider fanden sie die Pieta nicht.

Die Zeit war bald abgelaufen, und sie mussten zu ihrem Bus zurückkehren. Vom Parkplatz aus bewunderten sie die alten Mauern, die da malerisch aufgetürmt waren, und sie tauschten ihre Fotoapparate für eine Aufnahme, so dass jeder auf seinem Film selber darauf war. Dann hieß es wieder, die Plätze zur Rückfahrt einzunehmen.

Das Gespräch kam nun auf einen gemeinsamen Bekannten. Dieser hatte in seiner Studienzeit in Wien mit Karin im gleichen Tennisklub gespielt und war nun, ebenso wie der Reisegefährte, Anwalt in Linz.

Bald ging die Unterhaltung auf berufliches Gebiet über. Karin arbeitete als Physiotherapeutin an einer kleinen psychiatrischen

Urbino, Italien

Klinik, und der Anwalt hatte seinerseits gelegentlich mit psychiatrischen Patienten zu tun. So musste er sich beispielsweise um das Wohlergehen eines Ausländers kümmern, der in einer Anstalt interniert war, und er machte sich Gedanken darüber, ob Hygiene und ordentliche Ernährung alles waren, was ein Mensch für sein Wohlergehen brauchte. Oder er äußerte: „Wir Anwälte müssen auch halbe Psychiater sein – da gibt es Fälle, wo sich ein Mann scheiden lassen will, weil seine Frau angeblich kaum mehr Interessen hat und nichts mehr mitmachen will – und in Wirklichkeit leidet sie an einer Depression, ist also krank."

Auch Karin erzählte von ihrem Arbeitsplatz und dem Unbehagen, das sie dort oft überkam, wenn Patienten sich bei ihr besser verstanden fühlten als beim Arzt, der glaubte, alle Probleme mit Medikamenten lösen zu können. Das Verständnis ihres Zuhörers tat ihr wohl.

Allzu rasch verfloss die Fahrzeit, und plötzlich war der Bus bei dem Ort angelangt, wo der Mann aussteigen musste. Zu Karins

Freude griff er in die Tasche. Sie glaubte, er wolle ihr eine Visitenkarte übergeben – aber nein, er hatte nur ein Trinkgeld für den Busfahrer herausgeholt, und es war zu spät, um noch etwas für die Fortsetzung der Bekanntschaft zu unternehmen.

Nicht ganz: Karin hatte ihm Grüße für ihren gemeinsamen Bekannten aufgetragen, und durch diesen bekam sie heraus, wer ihr Gefährte gewesen war. Sie schrieb ihm einen kurzen Brief, schickte eine Abbildung seines Lieblingsgemäldes aus ihrem Katalog, den er nicht besaß, und das Foto, das er mit ihrem Apparat geknipst hatte, aber sie bekam keine Antwort. Der Reisegefährte war nur mehr eine Erinnerung."

Als die Sprecherin geendet hatte, war es eine Weile still.

„Tantchen", sagte dann Daniela scheu, „Tantchen, das warst doch du selber?" „Freilich, mein Schatz", lächelte die Ältere, „und damit die Geschichte wenigstens heute ein Happy End hat, bringe ich nun gleich den Kuchen!"

Aschenputtel

„Dann zog Aschenputtel den Fuß aus dem schweren Holzschuh und steckte ihn in den Pantoffel, der war wie angegossen. Und als es sich in die Höhe richtete und der König ihm ins Gesicht sah, so erkannte er das schöne Mädchen, das mit ihm getanzt hatte, und rief: ,Das ist die rechte Braut.‘" Valentina schlug das Buch zu, sagte: „Und dann hat der König das Aschenputtel geheiratet, und nun schlaf schön", und sie gab ihrer kleinen Nichte Daniela einen Gutenacht-Kuss. Das Kind drehte sich brav auf die Seite und war auch schon eingeschlafen. Valentina blieb noch ein Weilchen am Bett sitzen, seufzte und dachte, ob sie auch so ein Aschenputtel war – aber für sie würde wohl kein Königssohn kommen. Sie hatte das Märchen nicht zufällig gewählt, denn in der letzten Tanzstunde hatte der Lehrer gesagt: „In der nächsten Stunde machen wir ein Spiel, bei dem die Damen einen Schuh ausziehen werden."

Er wollte wohl der Peinlichkeit vorbeugen, dass eine Teilnehmerin ein Loch im Strumpf enthüllen musste. Da hatte Valentina an das Märchen gedacht, in dem ja auch von einem Schuh die Rede war, und sie wollte es sich besser in Erinnerung rufen.

Drei Tage später war wieder Tanzstunde, Valentina bereitete sich darauf vor. Sie hielt gedankenvoll ihre blauen Schuhe in der Hand, ehe sie hineinschlüpfte. Sie hatte sie bei ihrem letzten Urlaub in Italien gekauft – dort waren auch die mit den hohen Absätzen fußgerecht und gut zu tragen, fand sie. Gerade diese, passend zu ihrem Tanzkleid, mochte sie besonders gern, und sie war schon neugierig, wie das Spiel ausfallen würde. Dabei dachte sie wieder an das Aschenputtel. So klein, dass er in den goldenen Pantoffel gepasst hätte, war ihr Fuß wohl nicht, und das Kleid hatten ihr auch nicht zwei Täubchen vom Baum geschüttelt, sondern sie hatte es mit Hilfe einer Freundin, die Schneiderin war, selber genäht. Sie schaute in den Spiegel. Es passte ihr ausgezeichnet, und sie konnte nicht leugnen, dass sie sich selber gefiel.

So begann die Stunde, eine der letzten des Kurses, und wieder wurden meist die anderen Damen vor ihr gewählt. Nur, weil die Zahl der Herren und die der Damen gleich groß war, kam auch sie immer noch aufs Parkett.

Nach den ersten Tänzen brachte die Assistentin des Lehrers einen großen Korb und sammelte die Schuhe ein, Stöckelschuhe und Ballerinas, schwarze und solche in den verschiedensten Farben. Dann musste jeder Herr einen Schuh aus dem Korb holen und die dazu gehörige Dame suchen, um mit ihr zu tanzen. Ganz gewitzte, die das Spiel schon kannten oder zumindest errieten, hatten schon vorher beobachtet, welche Schuhe ihre Auserwählte trug, und sie bemühten sich, den richtigen zu erobern und zielsicher auf sie zuzusteuern.

Dieter, groß und kräftig, in einem eleganten Anzug und offensichtlich etwas älter als die anderen Tanzschüler, mochte das Gedränge und Geraufe nicht und nahm gelassen den erstbesten Schuh, der ihm in die Hand fiel, es war ein blauer. Er hatte keine Ahnung, wer ihn getragen hatte, aber mit seiner guten Beobachtungsgabe erblickte er bald das Pendant dazu, forderte Valentina auf und schloss sich mit ihr den bereits promenierenden Paaren an. Er hatte im Kurs noch nie mit ihr getanzt, weil er eher dunkle Damen bevorzugte, ihr Haar aber war hellbraun. Nun sah er, dass sie blaue Augen und ein Grübchen im Kinn hatte. Sie war ein bisschen schüchtern. Dieter eröffnete das Gespräch und fragte sie das Erstbeste, das ihm einfiel: „Wohnen Sie hier in der Nähe?" Valentina antwortete nun munter: „O ja, nur zwei Straßen weiter." Das war wieder für Dieter ein Anstoß, lachend zu sagen: „Dann ist es ja kein Problem für mich, Sie nach dem Kurs nach Hause zu begleiten!" Darüber musste Valentina lachen, sagte: „Sie Schlaumeier", und so kam eine fröhliche Unterhaltung in Gang, bis alle Schuhe verteilt und die dazugehörigen Tänzerinnen gefunden waren und die Tanzmusik einsetzte.

Nun forderte Dieter sie öfter auf, und sie verstanden sich immer besser. Tatsächlich begleitete er sie nach dem Kurs nach Hause, bewunderte die hübsche Villa in einem Garten, in der sie ein Appartement bewohnte. Sie raffte all ihren Mut zusammen und lud ihn für den nächsten Sonntag Nachmittag zu einem Kaffee ein. Darauf war er nicht gefasst gewesen und er war recht froh, dass er wahrheitsgetreu sagen konnte: „Tut mir leid, da habe ich schon mit ein paar Kollegen eine Wanderung vereinbart." Valentina, von ihrem eigenen Mut erschrocken, entgegnete, ebenfalls erleichtert: „Nun, dann sehen wir uns nächste Woche im Kurs wieder!" Damit trennten sie sich.

Dieter dachte auf dem Nachhauseweg darüber nach, warum er über die Einladung nicht erfreut gewesen war. Es war einfach: Er hatte sich mit Valentina recht gut verstanden, aber sie war nicht sein Typ. Valentina wiederum mochte Dieter vom ersten Augenblick an sehr, aber sie musste sich eingestehen, dass er zwar nett und aufmerksam gewesen war, doch das war auch alles. Sie war eben das Aschenputtel. Hegte sie noch eine leise Hoffnung, dass er doch ihr Prinz werden könnte?

Sie kam aus einer kleinen Ortschaft in der Nähe, hatte viele Geschwister und war sehr froh gewesen, eine Stelle in einer kleinen Tabaktrafik in der Stadt zu finden, und die Chefin hatte ihr gleich angeboten, das kleine Appartement in ihrer Villa zu mieten. Damit waren beide zufrieden, Valentina war eine angenehme Mieterin und sie half auch gern im Garten.

Da aus der Einladung nichts geworden war, fuhr sie am Sonntag, wie auch sonst immer, zu ihrer Familie nach Hause. Die ältere Schwester Marlene, die Mutter von Klein-Daniela, mit der sie sich besonders gut verstand, merkte ihr an, dass sie etwas beschäftigte, aber Valentina konnte sich nicht dazu aufraffen, davon zu reden, und sagte nur, sie sei etwas müde. Am Nachmittag tollte sie mit Daniela und mit den jüngeren Geschwistern im Wald herum. Das tat ihr gut und brachte sie auf andere Gedanken. So konnte sie am Montag erholt in die Stadt zurückkehren.

Auch in der Tabaktrafik lief alles gut, sie konnte viel verkaufen, was sogar die Chefin zu einem Lob für ihren freundlichen Umgang mit den Kunden veranlasste.

Valentina schaute sich immer wieder ihre Leute an. Da waren Arbeiter, die sich die billigsten Sorten kauften, starke Raucher mit gelb verfärbten Fingern, Mädchen, die meist zu zweit kamen und zwischen Kichern und Lachen ihre Wünsche äußerten, Kunden, die Ansichtskarten und Briefmarken kauften, und ein junger Mann, der regelmäßig sehr viele Zigarettenpäckchen kaufte, aber trotzdem kein starker Raucher zu sein schien. Seine Hände sahen makellos aus.

Die nächste Tanzstunde verlief ohne besondere Ereignisse. Dieter forderte sie immer wieder auf – das fiel ihm nicht schwer, denn sie konnte gut tanzen und zu einer tiefergreifenden Unterhaltung war während des Tanzens ohnehin keine Gelegenheit. Er achtete jedoch darauf, sie nicht zu sehr vor anderen Damen zu bevorzugen. Allerdings merkte er, dass sie ihm immer mehr zu gefallen anfing. Aber würde sie überhaupt zu ihm passen? Zwar wohnte sie in dieser eleganten Villa – gehörte die ihren Eltern? Sie war auch gut gekleidet, aber sie wirkte doch einfach, er wusste nicht, woran das lag. Daraufhin tanzte er wieder mehr mit den anderen Damen. Da war eine Schwarzhaarige, die ihm feurige Augen machte – und hier dachte er nun weniger darüber nach, ob sie zu ihm passte, sondern forderte sie gleich zwei Mal hintereinander auf. Valentina beobachtete das und es gab ihr einen Stich ins Herz. Er bot ihr auch seine Begleitung für den Heimweg nicht an, was auch kein anderer tat, und so musste sie ihn allein zurücklegen.

Bei der nächsten Tanzstunde fehlte Dieter ganz, und das lag weder an Valentina noch an der feurigen Schwarzhaarigen, sondern er hatte Grippe und konnte das Haus nicht verlassen. Nun war ein Herr weniger da, und trotz der Bemühungen des Tanzlehrers musste Valentina mehrmals das Mauerblümchen spielen, und sie empfand sich mehr denn je als Aschenputtel – ohne Hoffnung auf einen Prinzen.

Sie überlegte schon, den Tanzkurs ganz aufzugeben, aber diesmal vertraute sie sich beim sonntäglichen Besuch zu Hause ihrer

Schwester an, und die ermunterte sie, den Kurs auf alle Fälle fortzusetzen – es ging ja nicht darum, einen Partner zu finden, sondern eben tanzen zu lernen, und da spielten ein paar versäumte Tänze keine große Rolle. Sie gab ihr auch ein paar Tipps für ein günstigeres Makeup, was Valentina bisher lachend abgelehnt hatte, aber nun versuchen wollte.

Dieter lag zu Hause im Bett, wurde von seiner Mutter verwöhnt und fühlte sich recht wohl. Irgendwie war er sogar erleichtert, den Kurs nicht besuchen zu müssen – und merkwürdigerweise geisterte dann immer wieder Valentina und nicht die Schwarzhaarige in seinen Gedanken herum.

Er war der einzige Sohn eines wohlhabenden Geschäftsmannes, arbeitete bei seinem Vater mit und sollte schon bald alles übernehmen. Die Eltern hatten ihn gedrängt, sich auch nach einer passenden Frau umzuschauen. Das wollte er jedoch noch nicht, und wie zum Trotz hatte er sich zu einem Tanzkurs angemeldet, in dem sich vermutlich keine Damen aus seiner Gesellschaftsschicht befinden würden. Und nun Valentina? Dass

er ihr gefiel, merkte er sehr wohl. Aber eben
– war sie die Passende? Nein, sagte er sich,
weder sie noch die Schwarzhaarige. Und dass
die Villa nicht ihren Eltern gehörte, hatte er
auch schon erfahren. So ging er, als er gene-
sen war, leichten Herzens wieder in den Kurs
und bedachte alle Damen gleichmäßig mit
seiner Gunst.

Valentina hatte den Rat ihrer Schwester
bezüglich ihres Make-ups befolgt und nun
auch die Aufmerksamkeit von ein paar Herren, aber nicht die von Dieter, auf sich gezogen.

So ging sie traurig wieder allein nach
Hause.

Dafür blieb am nächsten Tag der „Vielkäufer", nachdem er sein großes Päckchen in
der Aktentasche verstaut hatte, beim Stän-
der mit den Ansichtskarten stehen, drehte
ihn herum, schien aber nicht wirklich etwas
auszuwählen, sondern wandte sich unver-
mittelt wieder zu ihr und sagte: „Übrigens,
ich heiße Peter." Unwillkürlich entgegnete
sie: „Und ich heiße Valentina." „Ah", sagte
er, „ein seltener Name." Dann schaute er sie

einen Augenblick schweigend an, drehte sich zur Tür und verließ mit einem raschen Gruß den Laden. Valentina schaute ihm verblüfft nach.

Am Sonntag erzählte sie diese Episode lachend ihrer Schwester Marlene. Die schaute sie prüfend an, sagte aber nichts. Als sie Valentina dann nach dem Tanzkurs fragte, sagte diese obenhin: „Ach, nichts Besonderes." Die Schwester fragte nicht weiter. Jeder musste einmal seinen Kummer durchmachen.

In der letzten Tanzstunde kam eine große Überraschung: Dieter lud ein paar Damen und ein paar Herren in die benachbarte Konditorei ein, und da war Valentina wieder dabei, während die Schwarzhaarige ablehnte. Als Dieter ihr dann sehr freundlich einen Eisbecher anbot, flammte ihre Hoffnung wieder auf. Sie bemerkte nicht, dass an einem der anderen Tische ihr „Vielkäufer" Peter saß und sehnsüchtig herüberschaute. Als sich die Gesellschaft bald auflöste und Dieter mit einer anderen Dame den Heimweg antrat, kam er zu ihr und bot ihr seine Begleitung an. Valentina nahm das zwar an, aber, von Dieter aufs Neue enttäuscht, war sie sehr einsilbig und gab ihm kaum eine Antwort. Er schien es nicht zu bemerken und führte allein die Unterhaltung bis zu ihrer Haustür. Als er sich verabschiedet hatte und Valentina die Stiege zu ihrem Zimmer hinaufstieg, dachte sie noch einmal nach und schämte sich, dass sie ihn schlecht behandelt hatte, und sie fand, dass er doch eigentlich sehr nett war. Als er ein paar Tage später wieder in der Trafik erschien, war sie daher sehr freundlich, was ihn sichtlich freute, und er lud sie in die Disko ein. Das nahm sie gern an.

Von da an ging sie öfter mit ihm aus und sie kamen einander immer näher. Sie erfuhr, dass er Verkäufer in einem großen Schuhgeschäft war und die vielen Zigaretten nicht für sich, sondern für seinen Chef und dessen Mitarbeiter kaufte.

Dann wieder dachte sie an Dieter, wie fesch und selbstbewusst er gewesen war, und wie schön es war, wenn er – so selten es auch vorgekommen war – ihr seine vollständige Aufmerksamkeit geschenkt hatte, und sie wurde wieder traurig. Aber diese Gedanken kamen immer seltener und sie entdeckte an Peter immer mehr Vorzüge, und als er sie eines Abends an sich zog, erwiderte sie seine Küsse aus ganzem Herzen.

Sie lud ihn zu ihrer Familie nach Hause ein und sie freute sich, wie nett er mit ihren Geschwistern und der kleinen Nichte umging.

Er hatte keine Familie mehr. Seine Eltern waren früh gestorben und seine Zukunft war zunächst sehr unsicher erschienen, aber er hatte sich mit großer Zähigkeit durchgesetzt, einen guten Schulabschluss gemacht, und vor Kurzem in dem großen Schuhgeschäft, in dem er arbeitete, einen Abteilungsleiterposten errungen.

Dann dauerte es nicht mehr lange, bis sie Heiratspläne zu schmieden anfingen. Und nun stand der große Tag vor der Tür und Valentina bereitete ihr Hochzeitskleid vor. Für die weißen Schuhe suchte sie natürlich das Schuhgeschäft auf, in dem Peter arbeitete, und sie wartete, bis er frei war und sie bedienen konnte. Er holte mit großer Freude die schönsten weißen Schuhe hervor, die auf Lager waren. Als er so vor ihr kniete und ihr den ersten anprobierte, fing sie zu lachen an. Er schaute sie erstaunt an. Da beugte sie sich zu ihm herunter, gab ihm, ohne auf die anderen Kunden und Verkäufer zu achten, einen Kuss auf die Stirn und sagte: „Ich war immer das Aschenputtel, und nun habe ich wirklich meinen Prinzen gefunden, und der bist du!"

Aschenputtel

Opa!

Marion und ihr Söhnchen Benni spazierten in der milden Herbstsonne am Inn entlang. Beide kannten diese schöne Promenade noch nicht, sie lebten ja sonst in Salzburg. Zur Linken floss der Fluss in schönstem Grün, zur Rechten erhob sich die Nordkette, noch leicht beschneit und wolkenverhangen, die Bäume ringsum prangten schon in frischem Blätterschmuck. Im Hintergrund konnte man über der Brücke die Türme der Altstadt sehen.

Die beiden kamen an einem Kinderspielplatz vorbei und sie bogen dorthin ab. Marion setzte sich auf eine Bank, Benni kletterte sogleich zu einem Spielhäuschen hinauf und rutschte auf der Bahn herunter, immer und immer wieder.

Marion war seit Jahren nicht mehr in Innsbruck gewesen, sie kannte die Geburtsstadt ihres Mannes nur oberflächlich. Ihre Gedanken gingen einige Jahre zurück, zu jenem unglücklichen Tag, an dem ihr Mann Werner sie seinem Vater als seine Braut vorstellen wollte.

Werner hatte am Mozarteum in Salzburg studiert, sie dort ebenfalls Stunden genommen, und eines Tages waren sie einander begegnet und es hatte zwischen ihnen sogleich gefunkt. Schon bald war es ihnen klar geworden, dass sie füreinander bestimmt waren und ihr Leben gemeinsam führen wollten. Ein paar Monate später, zu Beginn der Ferien, waren sie nach Innsbruck gefahren, um mit Werners Eltern gemeinsam ihre Verlobung zu feiern. Marions Eltern waren schon gestorben. Er hatte den seinen wohl geschrieben, dass er eine Kollegin mitbringen würde, aber wie nahe sie einander standen, das hatte er für das persönliche Gespräch aufgehoben und sich das erste Kennenlernen und dann die allmähliche Enthüllung ihrer künftigen Beziehung so schön vorgestellt, und sie hatte sich gefreut, wieder Eltern zu bekommen.

Aber leider war alles schief gegangen. Der Vater hatte eine Bemerkung gemacht, dass

Werner nur ja keine Frau mit Kopftuch daherbringen möge, Marion hatte darauf erwidert, dass das ja wohl nicht so schlimm wäre, wenn sich die beiden gut verstehen. Darauf war der Vater wütend geworden, ein Wort hatte das andere ergeben und schließlich hatte er, trotz der Besänftigungsversuche von Werner und der Mutter, ihr die Tür gewiesen. Auf Werners Erklärung, dass eine Kopftuchfrau ohnehin nicht in Betracht käme, da ja Marion seine Auserwählte sei, war der Vater erst recht zornig geworden. Natürlich war Werner mit ihr gegangen, und in all den Jahren hatte sich, trotz aller Bemühungen der Mutter, der Vater nicht besänftigen lassen. Auch die Nachricht von Bennis Geburt hatte keine Änderung gebracht. Werner, ebenso stur wie der Vater, hatte angekündigt, er werde erst wieder nach Hause kommen, wenn seine Frau anerkannt war.

In diese Gedanken versunken, saß Marion auf ihrer Bank. Als ihre Blicke zu einer etwas entfernten Bank schweiften, fielen sie auf einen älteren Herrn, der dort saß, und arger Schreck schoss ihr ins Herz. Das war doch ihr Schwiegervater! Täuschte sie sich, weil sie gerade an ihn gedacht hatte? Sie hatte ihn zwar nur das eine Mal gesehen, aber im Foto-album ihres Mannes war er immer wieder zu finden, und ein Bild der ganzen Familie am Tag der Silberhochzeit stand auf seinem Schreibtisch. Ein Irrtum war ausgeschlossen.

In diesem Augenblick kam Klein-Benni daher gelaufen, und unwillkürlich sagte sie: „Da drüben, das ist dein Opa ...", aber noch ehe sie etwas Erklärendes hinzufügen konn-te, war das Kind mit den Rufen „Opa, Opa!" schon zu dem Mann geeilt. Dieser nahm es nicht unfreundlich auf, er war mit seinen weißen Haaren wohl öfter von fremden Kin-dern so betitelt worden. Marion hätte Benni zurückrufen können, aber etwas drängte sie, nun ebenfalls zu ihm zu gehen. Er würde sie ja kaum erkennen, hatte er sie doch auch nur einmal gesehen, und ihre Haare, die sie damals offen getragen hatte, waren nun aufgesteckt. Sie näherte sich zögernd. Der Mann rückte ein wenig zur Seite und sagte: „Einen netten Kleinen haben Sie da!" Sie ließ sich nun ebenfalls nieder, wagte aber nicht, etwas Persönliches zu sagen. Es ergab sich ein kleiner recht netter Plausch über die schönen Frühlingstage und über Kinder im Allgemeinen. Benni hüpfte um sie herum, sagte immer wieder: „Opa, mein Opa" und lief dann wieder zur Rutsche. Es schien, dass das dem Mann gefiel, und dass auch sie ihm sympathisch war. „Mögen Sie Kinder?", wagte Marion nun zu fragen. Er wurde ernst. „Nun ja, eigentlich hätte ich mir auch Enkel gewünscht", sagte er nach einer Weile. „Und haben Sie keine?", fragte Marion mit Herzklopfen. „Ja, nein … oder doch ja. Aber ich muss nun gehen." Damit stand er auf und eilte ohne ein weiteres Wort weg. Marion blieb noch eine Weile sitzen und begab sich dann mit Benni zum Flughafen, wo sie mit Werner, der beruflich in Innsbruck zu tun gehabt hatte, für die Heimreise verabredet war.

Ernst, der Vater, ging nach Hause und erzählte von dem Kind, das ihn Opa genannt hatte, und von der sympathischen jungen Frau im Park. Er knurrte: „Hätte Werner nicht so ein nettes Geschöpf daher bringen können, statt der sturen ..." Seine Frau meinte: „Aber du selber warst ja auch stur, und du hast sie gar nicht richtig kennen gelernt", was er mit einem neuerlichen Knurren quittierte.

Marion erzählte ihrem Mann ausführlich von ihrer Begegnung. Konnte sich nun eine Versöhnung anbahnen, oder war es gerade bedenklich, dass sie sich nicht vorgestellt hatte?

Werner überlegte, das Thema brieflich oder am Telefon mit seiner Mutter zu besprechen, aber in der Familie wurde das Briefgeheimnis nicht besonders ernst genommen, und am Telefon war dann der Vater sehr wahrscheinlich auch in Hörweite.

Es ließ Werner keine Ruhe, dass der Vater das Kind und offensichtlich auch die Mutter recht angenehm gefunden hatte, und er beschloss, die Chance zu nützen. Er kündigte daher den Eltern seinen Besuch für das übernächste Wochenende an, entschuldigte sich für sein Verhalten und bat um Versöhnung. Von Frau und Kind erwähnte er nichts. Sein Angebot wurde freudig angenommen.

Nicht nur die Mutter, auch der Vater empfingen ihn sehr herzlich, und sogar dieser machte eine kleine Bemerkung, die man mit einigem guten Willen als Entschuldigung gelten lassen konnte.

Werner brachte nun das Gespräch auf Spaziergänge, auf den kleinen Park am Inn, und er fragte, ob der Vater dort manchmal hinkäme. „Ja", sagte der Vater, „da bin ich fast jeden Tag, es ist ja so nahe bei unserer Wohnung." „Sind da viele Leute?", fragte nun Werner. „Naja", war die Antwort. „Und redest du manchmal mit ihnen?" Der Vater wunderte sich ein wenig über diese Frage, denn das tat er, wie Werner wusste, fast nie. Aber sogleich fiel ihm auch die Begegnung mit der netten jungen Frau und dem Kind ein, und er erzählte davon. Werner schaute ihn darauf sehr herzlich an und fragte eindringlich: „Wäre es nicht schön für dich, ein solches Enkelkind, eine solche Schwiegertochter zu haben?" Dem Vater wurde ein wenig bange – er hatte sogleich das Gefühl, dass diese Frage nicht von ungefähr kam. Er sagte: „Nun, was meinst du denn – wie könnte das möglich sein?" „Wärest du einverstanden, wenn es so

Am Prandtauerufer in Innsbruck

wäre?", drängte nun Werner. „Aber ja", sagte der Vater schwach und schlug die Hände vor die Augen. Werner fiel ihm um den Hals und sagte: „Sie sind es, und wenn ich anrufe, kommen sie in fünf Minuten. Soll ich anrufen?" Die Mutter rief sogleich: „Ruf an, ruf an!" und der Vater nickte mit dem Kopf.

In fünf Minuten waren Marion und Klein-Benni da und es gab eine herzinnige Begrüßung. Der Kleine war sogleich der Star des Abends. Der Opa verhehlte nicht, wie stolz er auf seinen Enkel war. Nun, und natürlich war Bennis Mutter ebenfalls liebevoll in der Familie aufgenommen.

Charly

Es war ein trüber Tag. Der Regen hatte zwar aufgehört, aber auf den Wegen der kleinen Parkanlage standen noch Pfützen und sie zeigten tiefe Radspuren – trotz des Verbotes hatten kurz vorher ein paar junge Leute dort ein Rennen veranstaltet.

Ein junger Bursch schlenderte missmutig die Promenade entlang. In der Hand hielt er eine Gerte, mit der er immer wieder nach den Alleebäumen oder den Pfosten der Begrenzungsdrähte schlug. Seine Jeans waren zerrissen – aber nicht, weil es „Designer Jeans" mit künstlichen Läsionen waren, sondern weil er sich mit solcher Kraft durch die enge, zackige Spalte zwischen zwei Absperrgittern gezwängt hatte, dass sogar der starke Jeansstoff dem nicht standgehalten hatte. Er mochte etwa sechzehn Jahre alt sein. Mit einem Knurren ließ er sich auf eine Bank fallen.

Bald danach kamen auf dem Weg zwei kleine Hunde daher, die miteinander spielten, einander umkreisten, einander nachliefen. Der Junge schaute ihnen zu und seine Stirn glättete sich. Es war aber auch zu drollig anzusehen, wie sie immer wieder aufeinander losgingen, auswichen und wieder weiter tollten.

Da kam eine ältere Frau im Rollstuhl daher, den sie mit den Händen antrieb. Als ihr einer der Hunde unvermutet vor die Räder kam, wollte sie ausweichen, geriet in Schieflage und kippte um. Sie schaute ängstlich zu dem Burschen; nach seinem Aussehen hatte sie wenig Hoffnung auf Hilfe. Aber sie täuschte sich. Er eilte sofort herbei, etwas unsicher zwar, wie er helfen sollte, aber durchaus dazu bereit. Auf ihre Bitte nahm er ihre Arme, stemmte sie hoch, und, auf ihn gestützt, kam sie bis zur Bank, die zum Glück ganz in der Nähe war. Er erkundigte sich besorgt, ob sie sich verletzt hätte, aber sie beruhigte ihn und meinte, außer einem kleinen blauen Fleck sei ihr nichts passiert. Er stellte dann den Rollstuhl wieder auf, half ihr hinein und fragte sie, ob er sie nach Hause schieben solle. Sie lehnte zuerst ab, aber dann fiel ihr ein, dass sie ihm irgendwie ihren Dank beweisen wollte und sie hatte nichts bei sich. Außerdem fuhr sie nur selten allein und es machte sich nun der Schreck bemerkbar. Sie fühlte sich unsicherer als vorher und nahm daher sein Angebot dankbar an.

„Halte ich Sie nicht von Ihren eigenen Plänen ab?", fragte sie, als er sich mit ihr auf den Weg machte. „Ach was", antwortete er, „es ist sowieso nichts damit." Als sie sich umwendete und ihn freundlich anschaute, fügte er leise hinzu: „Wir wollten ins Kino, aber wir haben gestritten." „Ach ja", seufzte sie, „das kommt vor." Dann schwiegen die beiden eine Weile. Irgendwie hatte er das Bedürfnis, sich zu verteidigen. „Steff wollte durchaus nicht gelten lassen, dass er mich eingeladen hatte." „Und Sie hatten gehofft, er würde Ihnen den Eintritt zahlen und hatten selber nicht genug Geld?" „Mhm. Aber sagen Sie doch du zu mir. Jaja, ich hatte gerade ..." Er verstummte. „Und wie heißt du?", fragte sie. „Meine Mutter sagt Karl, aber die Kumpels nennen mich Charly." „Dann sage ich auch so. Weißt du was, ich zahl dir die Kinokarte. Was gibt's denn Interessantes?" Er zögerte. „Ach, nicht nötig …, aber dieser Science-Fiction-Film interessiert mich schon sehr …" „Also, abgemacht, ich geb dir das Geld dafür und du kannst ja sonst noch was für mich tun, wenn du meinst, es ist zu viel." Er strahlte auf. „Ja, sicher, Kohlen tragen oder einkaufen oder im Garten umgraben – wenn Sie einen haben", sprudelte er eifrig hervor.

Sie waren daheim angelangt, wo sie mit dem Lift in ihre Wohnung fahren konnte. Er kam mit. Sie besah ihn genauer. Er hatte zu den Jeans ein schäbiges Hemd und abgetragene Schuhe an, aber er war sauber und halbwegs ordentlich. Er schaute sie so dankbar an, dass sie ihm gern das Kinogeld gab. „Beeil dich, sonst versäumst du die nächste Vorstellung. Und komm dann gleich zurück, ich hab was für dich zu tun." Er stürzte davon. Sie wusste zwar nicht, was er für sie tun sollte, aber er gefiel ihr. Sie war eine pensionierte Lehrerin, hatte viel Erfahrung mit Jugendlichen und Freude an ihnen. Durch eine langwierige schwere Erkrankung, die sie dann in den Rollstuhl gebracht hatte, waren die meisten ihrer früheren Kontakte verloren gegangen und sie füllte jetzt ihr Leben mit Lesen, Briefe schreiben und Spazierfahrten mit wechselnden Helferinnen aus, aber im Grunde fühlte sie sich einsam.

Wirklich kam er nach zwei Stunden zurück. Sie hatte inzwischen überlegt, dass er ihr noch ein Stündchen beim Aufräumen ihres Bücherkastens helfen konnte, oder zumindest einmal die Bücher herausnehmen und abstauben. Sie hatte ihm zwei Wurst-semmeln hergerichtet, die er nach kurzem Zögern gierig verschlang. „Du kannst auch zu mir du sagen, ich heiße Margarete", schlug sie dann vor, und sie machten sich gemeinsam an die Aufgabe. Als es auf halb neun ging, wurde er unruhig. „Musst du nach Hause?", fragte sie. „Ja, eh, meine Mom ist zwar von mir allerhand gewöhnt, aber sie denkt, ich komme nach dem Kino heim – und das war um fünf aus, und sie kommt um sechs", gestand er kleinlaut. Margarete bekam nun ihrerseits ein schlechtes Gewissen, bestellte ihn für den nächsten Vormittag und schickte ihn gleich weg. In ihrem Eifer, ihm zu helfen, hatte sie daran gar nicht gedacht.

Sie hatte inzwischen von ihm erfragt, dass er Halbwaise war und seine Mutter sie beide mühsam durchbrachte, da er seine Lehrstelle verloren hatte. Es war nicht seine Schuld, der Lehrherr war plötzlich gestorben und der Betrieb geschlossen worden. Bis jetzt hatte er noch keine neue gefunden.

Margarete konnte sich vorstellen, dass die Situation nicht ungefährlich war und seiner Mutter Sorgen machte. Sie konnte ihn nicht daheim festhalten, zumal sie arbeiten musste, und sie konnte nicht verhindern, dass er in schlechte Gesellschaft geriet. Daher beschloss Margarete, die Sache in die Hand zu nehmen.

Am nächsten Tag machten sie beide am Bücherkasten weiter – es war wirklich höchste Zeit dafür. Er holte die Bücher stapelweise heraus, staubte sie ab und legte sie auf den Tisch, vor dem Margarete im Rollstuhl saß. Sie sortierte sie, denn in der langen Zeit waren sie ganz schön durcheinander geraten. Dann säuberte er die Regale und ließ sich die nun geordneten Stapel wieder überreichen, um sie an die richtige Stelle zu bringen. Es gefiel Margarete, wie er manchmal in der Arbeit inne hielt, um das eine oder andere Buch anzuschauen und durchzublättern, und sie hinderte ihn nicht daran. Eine kräftige Jause war auch vorgesehen, und als er heim zum bescheidenen Mittagessen ging, bekam er ein paar Bücher zum Lesen mit. Für den Nachmittag verabredeten sie einen Spaziergang, denn es war natürlich für Margarete bequemer, wenn sie den Stuhl nicht selber antreiben musste, und ihre Helferinnen kamen nur zwei Mal in der Woche.

Da Margarete merkte, dass es Charly schwer fiel, sie zu duzen, schlug sie vor, er könne ja „Tante Margarete" zu ihr sagen, und das klappte besser. Sie erfragte auch die Telefonnummer seiner Mutter und führte mit ihr am Abend ein langes Gespräch – einerseits, um ihr etwaige Sorgen über den neuen Umgang des Sohnes zu nehmen und andererseits, um Näheres über die Familie zu erfahren. Die Mutter war vor Dankbarkeit den Tränen nahe und versprach, für Margarete zu beten.

Die Badeschwester musste natürlich weiterhin kommen, aber ein paar andere soziale Dienste konnte sie absagen und Charly dafür einspannen – das ersparte Geld kam auch ihm zugute.

Der junge Mann taute immer mehr auf und erzählte Margarete aus seinem Leben – er hatte wirklich ein paar neue Freunde, die ihr nicht unbedenklich erschienen. Bei der Offenheit, die nun zwischen ihnen herrschte, konnte sie jedoch hoffen, ihn von verdächtigen Unternehmungen abzuhalten – zumal er nun kaum mehr Zeit für diesen Umgang hatte. Er vermisste ihn auch nicht. Er gestand, dass ihm schon Drogen angeboten worden waren, aber es war bei einem kleinen Versuch geblieben, und er hatte die Übelkeit, die ihn dann befallen hatte, als Warnsignal seines Körpers begriffen und war weiteren Versuchen ausgewichen. Wie lange er aber dem Druck der Kumpels widerstehen hätte können, weiß man nicht. Margarete ließ sich ihren Schrecken nicht anmerken, sondern sie lobte ihn und bestärkte ihn in seinem guten Vorsatz, und nach einigen Tagen gab er den Umgang mit jenen zweifelhaften Freunden ganz auf.

Auch Margarete gewann von dieser ungleichen Freundschaft. Sie sah vieles mit seinen jungen Augen neu und wurde – sie gestand es sich selber ein – lebendiger. Sie lernte seine Mutter persönlich kennen, wenn sich auch zwischen den beiden Frauen kein näherer Kontakt ergab.

Nach einigen Monaten fand Charly dann wirklich eine Lehrstelle in einer Buchhandlung. Es mochte daran liegen, dass er beim Vorstellungsgespräch einen besseren Eindruck machen konnte als bei früheren Versuchen. Auch hatte er in der kurzen Zeit mit Margarete sein Interesse für Bücher weiter entwickelt und sich nützliche Grundlagen erworben.

Für Margarete selber war es zwar ein Verlust, aber natürlich war sie froh für ihren Schützling, der sich nun mit großer Begeisterung seiner Ausbildung zum Einzelhandelskaufmann widmen konnte. Zum Ausgleich holte sie ihre sozialen Dienste zurück.

Auch weiterhin verbrachte er viel von seiner Freizeit bei ihr, und so hatte der kleine Unfall im Park zwei Menschen Gutes gebracht.

Eine Osternacht

„Herr Doktor", sagte Frau Gertrud zu ihrem Mieter, der sich gerade zum Frühstück setzte. Dann noch einmal „Herr Doktor…" und sie verstummte. Der junge Arzt schaute sie prüfend an. „Kann ich etwas für Sie tun?", fragte er freundlich, „Sie wissen, ich bin Ihnen sehr dankbar dafür, dass Sie das Zimmer für mich geräumt haben, und ich möchte meine Dankbarkeit gern beweisen!" Frau Gertrud setzt sich nun auch. „Es ist so", sagte sie dann. „Mein Patenkind von der Familie nebenan hat vor einem Monat seinen 14. Geburtstag gefeiert und da habe ich ihm versprochen, mit ihm heuer zur Osternachtfeier nach Fiecht zu fahren. Er ist nämlich in der Osternacht in der Stiftskirche in Fiecht getauft worden. Nun musste ich aber gestern mein Auto zur Reparatur bringen und ich bekomme es erst nach Ostern." „Und Sie möchten, dass ich Sie beide dorthin bringe? Natürlich, gern!" Frau Gertrud schaute ihn dankbar an und fügte dann zögernd hinzu: „Aber dieser Gottes-

dienst dauert sehr lang!" „Ich erinnere mich",
sagte Armin, „so an die zwei Stunden. Aber
ich habe dieses Wochenende frei, da ist das
kein Problem."

So saßen also am Karsamstag-Abend
Armin mit Frau Gertrud und ihrem Patenkind in der Kirche in der dritten Reihe, nachdem sie an der Feuerweihe vor der Kirche
teilgenommen und ihr Kerzchen entzündet
hatten. Armin hatte flüchtig überlegt, ob er
wirklich mit beim Gottesdienst bleiben sollte,
aber das Gasthaus hatte natürlich geschlossen und nach Hause zu fahren und dann wieder zu kommen und seine Leute mühsam zu
suchen, das hatte auch keinen Sinn.

In dem schönen Raum war es dämmerig,
er war nur von den vielen kleinen Lichtern
erhellt. Vorn links im Kirchenschiff nahmen
einige junge Leute Aufstellung, vermutlich
sollten sie dann singen. Der Bericht von der
Erschaffung der Welt wurde vorgetragen.
Armin kannte ihn, aber heute machte er
ihm mehr Eindruck als sonst. Dann wurde
inmitten des Chores eine Lampe entzündet
und ein mehrstimmiger Gesang ertönte, von

einigen Instrumenten begleitet. Gerade im Mittelpunkt des Lichtscheins sah Armin ein rundes Mädchengesicht, umrahmt von hellbraunen Haaren und mit einer silberblitzenden Flöte am Mund. Die anderen Mädchen und Burschen und der Dirigent in Habit der Benediktiner waren schwächer beleuchtet, so dass sie wie ein Rahmen zu diesem reizenden Bild wirkten.

Der Gottesdienst ging weiter, Lesungen, Volksgesang, die Messfeier, die Speisenweihe ... immer wieder ging Armins Blick zum Chor mit seinem lieblichen Mittelpunkt, auch noch, als die Kirchenbeleuchtung eingeschaltet war und die Flötistin nun eine von vielen war. Der Gottesdienst selber hatte Armin gegen seine Erwartung beeindruckt, und als sich nachher Frau Gertrud überschwänglich bei ihm bedankte, wehrte er ab und sagte aufrichtig, dass er ihr dankbar sei für dieses schöne Erlebnis.

Der Ostersonntag brach mit strahlendem Wetter an. Armin, das frühe Aufstehen gewöhnt, dachte nach, was er jetzt tun wollte. Frau Getrud hatte vor, das Osteramt in Schwaz zu besuchen und brauchte daher kein Auto. Armin überlegte, dass ein Spaziergang zum Stift an diesem schönen Morgen sicher lohnend sein würde und dass er gern die Stiftskirche bei Tageslicht sehen wollte. Er war noch nicht lang in Schwaz und hatte Fiecht noch nie besucht. So brach er auf. Er war etwas enttäuscht, dass er keinen anderen Weg wusste, als die Straße, die so gar nicht festlich wirkte. Der Anblick des prächtigen Stiftsgebäudes entschädigte ihn wieder, und er trat in die Kirche ein. Das Hochamt hatte gerade begonnen, aber keine jungen Leute standen auf dem Platz vom letzten Abend. Erst jetzt gestand Armin sich ein, dass er im Grunde das Mädchen vom Vorabend hatte wiedersehen wollen.

Von der Chorempore ertönten nun die Klänge einer Haydn-Messe und nahmen sein Ohr gefangen – und dann zogen die Ministrantinnen neuerlich ein und bei ihnen entdeckte Armin mit Entzücken die junge Frau von gestern, mit dem lieblichen Gesichtchen und den hellbraunen Haaren. Statt der Flöte trug sie ein Rauchfass.

Hatte Armin gestern, trotz der wiederholten Blicke auf sie, doch am Gottesdienst teilgenommen, so waren heute seine Gedanken nur damit beschäftigt, wie er ihr näher kommen konnte. Sollte er sie einfach vor der Kirche ansprechen? „Sie gefallen mir, ich möchte Sie kennen lernen!" Das war doch wohl unmöglich! Oder: „Ich bin hier fremd, können Sie mir etwas über die Gegend sagen? Oder über die Kirche?" Auch nicht besser! Ehe er sich versah, war der Gottesdienst zu Ende, vor der Kirche sammelten sich die Leute. Sosehr er sich auch umschaute, sein Idol konnte er nirgends sehen, auch nicht, als sich die Menge zerstreut hatte, und so ging er wieder in das Gotteshaus, um wenigstens die andere Absicht auszuführen und den schönen barocken Raum gründlich zu besichtigen, das prachtvolle Gewölbe mit seinen zierlichen Stuckaturen, die Fresken und die Seitenkapellen. Der heilige Josef am Hochaltar und das Kruzifix an der linken Seite waren neu, aber sie passten gut zum Ambiente. Die Madonna an der rechten Seite erinnerte ihn an die Statue auf der Innsbrucker Annasäule – er wusste nicht, dass sie es wirklich war. In Innsbruck steht ja jetzt eine Kopie, um das Original vor den Autoabgasen zu schützen.

Armin betrachtete die schön geschnitzten Bänke und die Beichtstühle mit ihren Statuen und Putten, dann wanderte er wieder nach Hause, einen leichten Kummer im Herzen, dass sein Wunsch nicht in Erfüllung gegangen war.

In der darauffolgenden Woche hatte er strengen Dienst, der ihn voll in Anspruch nahm, auch am Sonntag, so dass er kaum mehr an das Mädchen dachte – und am Montag saß sie plötzlich im Warteraum. Es durchfuhr ihn Freude – aber auch Schrecken: Sie hatte ein etwa dreijähriges Kind bei sich – war das ihr Kind? War sie womöglich verheiratet? Aber er hatte sie ja auch bei den Ministrantinnen gesehen – konnten da Ehefrauen und Mütter mitwirken? Er wusste es nicht. Zunächst hatte er noch einige andere Patienten zu versorgen, und als sie an die Reihe kam, bemühte er sich, möglichst professionell vorzugehen und neutral zu bleiben.

Das Kind hatte eine hässliche Schnittwunde im Gesicht, die genäht werden musste. Es war beim Spielen auf ein Sandförmchen mit zu scharfem Rand gestürzt. Es hatte Angst, aber die junge Frau hielt es so liebevoll und redete ihm beruhigend zu, dass es geduldig alles über sich ergehen ließ. Die Assistentin machte geschickt die nötigen Handgriffe, und als die Behandlung vorbei war, gestattete er sich, zu sagen: „Ich habe Sie in der Osternacht beim Flötenspielen gesehen." Sie lächelte und antwortete: „Ja, wir haben einen guten Chorleiter, wir wirken an Festen gern beim Gottesdienst mit." Mehr war für heute nicht drin, aber das Kind musste zu einer Kontrolle und dem Ziehen der Fäden wiederbestellt werden, da würde es ein Wiedersehen geben. Sie bedankte sich und verließ mit dem Kind auf dem Arm die Ambulanz, er musste sich um die nächsten Patienten kümmern. Nachher schaute er die Ambulanzkarte an, nun hatte er die Adresse des Kindes. Ob sie die Mutter war, war daraus nicht ersichtlich.

In der folgenden Zeit dachte er immer wieder an diese Begegnung und freute sich auf das Wiedersehen, wo er dann mutiger sein und auch mehr ins Private eingehen würde.

Am Sonntag hatte er wieder frei, aber er beschloss, doch nicht nach Fiecht zu gehen, sondern auf das Wiedersehen in der Ambulanz zu warten. Dann war der Termin da – aber auch eine Enttäuschung: Das Kind kam mit einer anderen, etwas älteren Frau. Nun hatte er sich aber so auf diese Begegnung gefreut, dass er aktiv wurde und sie nach der Begleitung vom letzten Mal fragte. Die Frau, nun wirklich die Mutter, lächelte und sagte: „Das ist meine jüngere Schwester Sabine. Sie hat mir schon erzählt, dass Sie so nett mit dem Kleinen waren und sie auf ihr Flöten-spiel angesprochen haben. Sie wäre sehr gern wieder mit dem Ulli hergekommen und es hat ihr sehr leid getan, dass sie heute verhindert ist." Jetzt konnte Armin nicht widerstehen, zu murmeln: „Ich hätte sie auch gern wieder-gesehen!" Obwohl er es nur ganz leise gesagt hatte, hatte Frau Verena es doch gehört, sie lachte und meinte: „Kommen Sie doch am Sonntag zur Jause zu uns nach Fiecht!" Natürlich sagte er voll Freude zu.

Als Verena nach Hause kam, erzählte sie gleich ihrer Schwester, dass sie den Arzt aus der Ambulanz eingeladen hatte. Eine Nachbarin, die gerade zu Besuch war, sagte darauf: „Ja, der ist sehr lieb, und seine Frau ist ebenfalls sehr nett und tüchtig." Die beiden Frauen redeten weiter und bemerkten nicht, dass Sabine nun ganz still geworden war. Sie gestand sich ein, dass sein Blick, als er sie auf das Spiel in der Osternacht angesprochen hatte, ihr einen tiefen Eindruck gemacht hatte. Aber wenn er doch verheiratet war ... Sabine überlegte, ob sie beim Besuch überhaupt dabei sein wollte, aber dann entschloss sie sich, tapfer zu sein und sich nichts anmerken zu lassen.

Der Sonntag kam, Armin stellte sich mit einem großen Blumenstrauß in Fiecht ein. Es schien ihm, dass ihn beide Frauen nicht so herzlich begrüßten, wie er erwartet hatte. Immerhin war Frau Verena die Hausfrau und machte sich als solche gleich zu schaffen, und bei Sabine mochte es an mädchenhafter Schüchternheit liegen. Unwillkürlich wurde Armin nun auch stiller, nur seine Blicke wanderten immer wieder zu ihr. Es kam kein rechtes Geplauder auf. Verena fragte ihn höflich, woher er komme, und er erzählte stockend von seiner Heimatstadt Lienz und seinem Werdegang. Sollte das ein Test sein? Plötzlich errötete Sabine und stieß heraus: „Wie geht es Ihrer Frau?" Armin war perplex. Dann lachte er und sagte: „Wie kommen Sie auf diese Frage? Ich bin doch nicht verheiratet, es nie gewesen!" Nun lachte auch Verena und sie erzählte von der Bemerkung der Nachbarin, als sie vom Arzt in der Ambulanz gesprochen hatte. Sabine schlug die Hände vors Gesicht, um ihre Erleichterung zu verbergen. „Das ist die Erklärung", sagte Armin, „die meinte wohl meinen Kollegen! Dessen Frau hat übrigens assistiert, als ich Ihren Kleinen behandelt habe." Allmählich wurde auch Sabine lockerer, und sie ging gern darauf ein, mit Armin einen Spaziergang zu machen. Sie schlug eine Wanderung zum Georgenberg vor. Für heute war es freilich zu spät dafür, aber am nächsten freien Sonntag wollten sie sich treffen. Erst auf dem Heimweg wurde es Armin so richtig klar, warum es so einen großen Unterschied gemacht hatte, ob er verheiratet war oder nicht, und das erfüllte ihn natürlich mit großer Freude.

Am verabredeten Tag holte Armin Sabine ab und fuhr mit ihr bis zum Parkplatz in der Weng, von dort machten sie sich auf den Weg. Bald schon sahen sie das Klosterkirchlein durch die Bäume schimmern. Sabine erzählte von der Entstehung des Klosters vor mehr als tausend Jahren, wie es öfters abgebrannt, durch die Pest entvölkert und dann ins Tal verlegt worden war, dass aber der Georgenberg doch weiterhin als Wallfahrt geschätzt wurde.

Das freundliche Bild war trügerisch, der Weg war doch noch ziemlich weit, und Sabine erzählte, wie der Vater ihrer Freundin seine Kinder, die damals noch recht klein waren, damit getröstet hatte, dass am Schluss ein Aufzug sie bis in die Höhe bringen würde. Daraufhin waren die Kinder brav weiter gegangen, bis sie schließlich, ehe sie es sich versahen, ohne Aufzug oben angekommen waren.

Sie überschritten die 40 m hohe, im 15. Jahrhundert erbaute Brücke über den Georgenbach und schauten in die tosende Tiefe. Sabine schlug vor, bald einmal den Aufstieg von Stans aus über die interessante Wolfsschlucht anzutreten, die ihr jedes Mal einen wunderbaren, immer wechselnden Eindruck gemacht hatte. Schließlich kamen auch sie oben an und kehrten im Gasthof zu einem guten Mittagessen ein, die Besichtigung der beiden Kirchlein verschoben sie auf später.

Nach dem Essen sah Sabine auf die Uhr und sagte: „Jetzt haben wir noch Zeit, uns im gotischen Lindenkirchlein umzusehen und um 15 Uhr können wir dann in der Wallfahrtskirche die hl. Messe besuchen." An das hatte Armin überhaupt nicht gedacht, und er sagte sich nun, wenn es ihm mit Sabine ernst war, musste er sich zweifellos mit ihrem Glauben auseinandersetzen. Er war ja auch katholisch, hatte sich jedoch in den letzten Jahren nicht allzusehr darum gekümmert. Warum eigentlich nicht? Andere Dinge, der Kampf ums Dasein, das Studium, der Kontakt mit Kollegen und Kolleginnen waren ihm wichtiger gewesen. Höchstens hatte er gelegentlich einen Festgottesdienst mit schöner Musik besucht. Was bedeutete diese Erkenntnis nun für ihn? Er beobachtete im Lindenkirchlein mehr Sabine mit ihrer ungekünstelten Freude an den Schönheiten des Baudenkmals als dieses selber, aber in der Wallfahrtskirche, zu Füßen der schmerzhaften Mutter Gottes mit dem toten Sohn am Schoß, bemühte er sich, innerlich am Gottesdienst teilzunehmen, was ihm nicht allzu gut gelang. Erinnerungen an seinen guten Katecheten und an seine fromme, leider schon verstorbene Mutter kamen ihm hoch, aber auch Erinnerungen an lästernde Kollegen, die alles Übernatürliche ablehnten. Hin und wieder streifte sein Blick Sabine, die andächtig der Messe folgte, aber ihm doch immer wieder ein Lächeln schenkte. Sie empfing die hl. Kommunion, er blieb in der Bank sitzen, was sie mit leichtem Kummer bemerkte, aber nicht ansprach.

So verlief auch der Abstieg harmonisch. Er setzte Sabine in Fiecht ab, nachdem sie einen Termin für die Wanderung durch die

Wolfsschlucht festgesetzt hatten. Er kehrte nicht mehr bei ihr zu, sondern fuhr zurück nach Hause.

Als Sabine das Haus betrat, lief ihr Ulli entgegen. Seine Wunde war gut verheilt, die Narbe würde mit der Zeit blasser werden. Er klammerte sich an sie mit den Rufen „Bine, Bine!" und wollte hochgehoben werden. Sie spielte eine Weile mit ihm, dann war es Zeit, ihrer Schwester bei den Vorbereitungen fürs Abendessen zu helfen. Bei Tisch hatte der Schwager, der mit einem Freund das Keller-joch bestiegen hatte, viel zu erzählen. Erst als sie spät am Abend allein in ihrem Zimmer-chen war, dachte sie an den schönen Ausflug zurück. Ein warmes Gefühl durchflutete sie. Es wurde ihr klar, dass sie sich ernstlich in den jungen Arzt verliebt hatte, seine Fröh-lichkeit, seine Fürsorglichkeit – und in seine blauen Augen!

Auch Armin war sich nun seiner Gefühle für Sabine ganz sicher.

Die Wanderung durch die Wolfsschlucht mit ihren steilen Wänden, das tosende Was-ser zu Füßen und der immer wieder wechselnde Ausblick waren dazu angetan, die romantische Stimmung zu steigern, und es war kein Wunder, dass die beiden Liebenden in einer ruhigen Nische einander um den Hals fielen und sich in einem innigen Kuss fanden. Beide erfüllte der Gedanke, dass sie nun immer alles Schöne miteinander teilen wollten, und nicht nur das!

Nachher, im Gasthaus, erzählten sie einander lachend, wie er erschrocken war, als er sie mit dem Kind gesehen hatte, und wie entsetzt sie gewesen war, als die Nachbarin von seiner Frau gesprochen hatte. Beide waren nun sehr froh darüber, dass Sabine den Mut gehabt hatte, ihn nach seiner Frau zu fragen und wie dieses Missverständnis dadurch gleich aufgeklärt worden war. Wer weiß, was sonst aus ihnen beiden geworden wäre!

Sie besuchten wieder in der Wallfahrtskirche den Gottesdienst, und da wurde es Armin klar, dass ihr Glaube etwas Schönes war, das er in Zukunft auch mit ihr teilen wollte.

So dauerte es nicht mehr lang, bis in der Stiftskirche Fiecht festlich die Hochzeit der beiden gefeiert wurde und sie beide zum Tisch des Herrn traten.

Nachher, beim Hochzeitsmahl im nahen Gasthof, kamen überraschend die Sänger und Sängerinnen und brachten den Neuvermählten ein Ständchen – freilich ohne die Flötistin, und nun erzählte Armin der Braut, wie er sie in der Osternacht nicht nur zum ersten Mal gesehen hatte, was sie ja wusste, sondern welchen Eindruck ihm dieses liebliche Bildchen gemacht, und wie er es seither immer im Herzen behalten hatte.

Stift Fiecht, Tirol

Zwei Anrufbeantworter

Frau Hannelore kam vom Büro, wo sie eine Teilzeitbeschäftigung hatte, heim. Sie hängte ihren feschen Sommermantel über einen Bügel, legte die Einkäufe, die sie auf dem Heimweg gemacht hatte, in den Kühlschrank und ging ins Wohnzimmer. Dort blinkte das Lämpchen des Anrufbeantworters. Fiel die heutige Versammlung der Caritas-Runde aus? Sie schaltete das Gerät ein. „Schatzi, komm bald, dein Hasi hat solche Sehnsucht nach dir! Bussi, Bussi!", flüsterte eine weibliche Stimme. Im ersten Moment begriff Hannelore gar nichts. Dann durchfuhr es sie wie ein Blitz: Ihr Mann hatte eine Geliebte! Nie hätte sie das von ihm gedacht. Das verflixte siebte Ehejahr! Sie hörte das Band noch einmal ab. Dieselbe Botschaft, derselbe zärtliche Unterton. Sie hatte sich nicht verhört. Heute, Mittwoch, gerade der Tag, an dem sie nicht daheim war. Zorn erfasste sie. Das Frauenzimmer scheute sich nicht, bei ihr zu Hause anzurufen! Hatte ihr Mann verschwiegen,

dass er verheiratet war? Eine neue Idee kam
ihr: Sicher hatte er erklärt, er könne oder
wolle sich nicht scheiden lassen, und die Ri-
valin versuchte auf diese Weise, Sprengstoff
in ihre Ehe zu bringen. Da sollte sie sich täu-
schen! Sie griff zum Telefon. Die Nummer
der Anruferin, eine ganz unbekannte Nummer, war da gespeichert, und sie rief an.

*

Frau Elfriede, jung, blond und zierlich, aber
nun schon etwas schwerfällig – im siebten
Monat – kam vom ärztlich verordneten Spaziergang in der milden Nachmittagssonne
zurück und sank lächelnd in den Lehnses-
sel. Eine Weile ließ sie das Lämpchen auf
dem Anrufbeantworter blinken, dann stand
sie auf und hörte die Nachricht ab. Eine be-
herrschte, aber doch etwas bebende dunkle
Frauenstimme sagte: „Es hat sich ausge-
Hasi-t. So kann es nicht weitergehen, und ich
werde meine Ehe niemals aufgeben. Nehmen
Sie das zur Kenntnis." Elfriede schüttelte den
Kopf. Wer war diese Dame? Warum sollte
sie ihre Ehe aufgeben? Für einen Mann? Sie

zuckte zusammen. Doch nicht für ihren, Elfriedes, Mann? Hatte er versucht, fremd zu gehen – vielleicht wegen ihrer Schwangerschaft – und war abgeblitzt? Wütend dachte sie: „Geschieht ihm recht!" (Es ist kaum zu glauben, aber heimlich war sie trotzdem ein klein wenig enttäuscht, dass jemand ihn nicht unwiderstehlich fand!) Konnte es denn wirklich möglich sein, dass er an Scheidung dachte? Gerade jetzt, wo sie sich doch beide so auf das Baby freuten – das hatte sie wenigstens geglaubt! Oder hatte er es der Dame nur vorgemacht? Kam diese Abweisung vor oder nach ...

„Hasi", das war doch sie! So fantasielos konnte er nicht sein; abgesehen von allem anderen! Aber wieso war er heute bei ihrem Anruf nicht im Büro gewesen? Das kam doch sonst nicht vor? Ihr wurde ganz schlecht und das Baby strampelte ein bisschen. Sie rief sich zur Ordnung, sie durfte sich nicht aufregen! Sie würde ihren Mann heute in ein Gespräch ziehen, seine Abwesenheit vom Büro war ein guter Anlass, und sicher würde es eine Aufklärung geben. Mit einem Seufzer der

Erleichterung ließ sie sich in einen Sessel fallen und nahm das Babyjäckchen vor, an dem sie strickte.

*

Frau Hannelore sagte ihre Caritas-Runde ab. Sie wollte ihren Mann beobachten, ob er nervös wurde, weil sie daheim war, ob und unter welchem Vorwand er weggehen würde.

Er kam auch bald, nahm ihre „Kopfschmerzen" mit leichter Besorgnis zur Kenntnis, machte keine Anstalten, nochmals fortzugehen oder zu telefonieren. Nein, er schien ganz gelassen, zog seine Hausschuhe an, wie immer, und nahm die Zeitung zur Hand. Plötzlich konnte sie sich nicht mehr beherrschen und schrie: „Du betrügst mich!" „Was soll der Unsinn?", knurrte er ärgerlich, noch halb in die Zeitung vertieft. Dann merkte er, dass sie es ernst meinte und sagte scharf: „Du weißt genau, dass das nicht wahr ist!" Sie schleuderte ihm entgegen: „Dein Hasi hat angerufen." Er schüttelte den Kopf. „Du spinnst. Ich habe keine Lust auf eine so lächerliche Debatte." Damit zog er wieder die Schuhe an und ging weg. Nun hatte sie ihm selbst einen Vorwand zum Gehen geliefert. Weinend sank sie auf das Sofa.

*

Inzwischen war Frau Elfriedes Mann heimgekommen und begrüßte sie so zärtlich wie immer. Sie sagte nur: „Ich hab dich im Büro angerufen, weil ich so Sehnsucht nach dir hatte, aber es lief nur der Anrufbeantworter. Ich habe dir etwas Liebes gesagt", dabei beobachtete sie ihn ängstlich. Er schüttelte den Kopf. „Ich habe doch gar keinen Anrufbeantworter im Büro. Erst nach Dienstschluss läuft der von der Firma, aber auf den kann man nicht sprechen." Elfriede war perplex. Dann errötete sie. „Wer hat dann das gehört, was ich – was ich –" „Ja, wen hast du denn angerufen?", überlegte er und schaute nach dem Apparat. „Du hast dich um eine Stelle vertippt. Da hast du ja vielleicht was Schönes angerichtet!" Nun erzählte sie ihm vom erhaltenen Anruf. Siehe da, er war von dieser Nummer gekommen. „Das wollen wir in Ordnung bringen", lachte er und griff nach dem Hörer.

*

Bei der weinenden Hannelore klingelte das Telefon. Zögernd nahm sie ab. Eine fröhliche Männerstimme erklärte: „Sie haben wohl den Anruf meiner Frau auf Ihren Anrufbeantworter bekommen und darauf reagiert. Sie hat sich beim Wählen geirrt. Ich hoffe, es ist kein Missverständnis daraus entstanden, oder ich habe es jetzt aufgeklärt." Mit einem Schluchzen der Erleichterung legte Hannelore auf, sie war keines Wortes mächtig.

*

Wir wollen nicht von den Zärtlichkeiten der jungen Eheleute berichten – Elfriede war froh, dass sie sich nicht verraten hatte, und erzählte erst viel, viel später von ihren Zweifeln. Und nicht die herzliche Versöhnung der älteren beobachten – auf Hannelores Erklärung und Entschuldigung war ihr Mann selber zerknirscht über seine Reaktion.

Jedenfalls wurden noch am selben Abend bei zwei Anrufbeantwortern im Ansagetext die Namen der Empfänger eingefügt.

Bel ami

Das Meer lag weit und strahlend blau, leicht bewegt, im Sonnenglanz. Am Strand reihten sich Schirme mit Liegestühlen darunter, in denen müde Urlauber Erholung suchten. Strandverkäufer schleppten ihre Waren, Taschen, Schmuckstücke, sogar Kleider. Einer verkaufte Schirme, der hatte es am besten, denn er konnte einen davon gegen die Sonne aufspannen. Ein anderer trug an einer langen Schnur hoch über sich eine Reihe kunstvoller „Drachen". Dazwischen liefen Kinder umher, ganz kleine, die ihre ersten Schritte sichtlich genossen, und größere, die einander jagten. Am Ufer, im feuchten Sand, bauten sie Burgen mit Straßen dazwischen, im seichten Wasser plätscherten sie. Daneben Erwachsene, einige sah man auch weiter hinausschwimmen.

Aus dem Lautsprecher kam Schlagermusik, dann wieder Nachrichten über gefundene oder verlorene Kinder.

Christine und Erwin, die aus Innsbruck kamen, hatten ihren Platz vorn in der zweiten Reihe, da war der Laut zum Glück nicht so stark.

Eine Serie alter Schlager ertönte, plötzlich sogar ein deutscher: „Du hast Glück bei den Frau'n, bel ami ..." Christine lächelte. Ihr Erwin war kein bel ami! „Bist nicht schön, doch charmant, bist nicht klug, doch sehr galant", klang es weiter. Sie überlegte. Schön war er wirklich nicht, wenn er auch für sein Alter noch ganz gut aussah, und charmant – nein, das bestimmt nicht. Aber dafür war er klug, hatte es beruflich recht weit gebracht. War er eigentlich galant? Jedenfalls war er hilfsbereit, wenn er auch meistens nicht selber sah, wo sie Hilfe brauchte. Und vor allem treu war er. Sie hatten 35 Jahre gut miteinander gelebt, drei Kinder groß gezogen. Auch die Jüngste war heuer nicht mehr mit ihnen gekommen, sondern eigene Wege gegangen. Christine sah lächelnd zu ihm. „Bist kein Held, nur ein Mann, der gefällt", klang der Liedtext in ihr nach – und plötzlich dachte sie mit einem unguten Gefühl an jene Irene, die gestern ohne ersichtlichen Grund an ihren Tisch gekommen war, irgendwelche Vorwände gemurmelt und Erwin mit den Augen verschlungen hatte. Nun ja, die weißen Haare standen gut zu seinem gebräunten Gesicht. Und hatte er Irenes Aufmerksamkeit nicht doch irgendwie genossen?

Erwin riss sie aus ihren Gedanken. „Ist es nicht Zeit, ins Wasser zu gehen?", meinte er. Das taten sie dann auch.

Am Nachmittag meldete sich Erwin zu einem Boccia-Wettbewerb. Christine machte nicht mit, sie blieb lieber im Liegestuhl und las.

Als sie später zur Boccia-Bahn hinaufschaute, bemerkte sie, dass Erwin doch tatsächlich Irene als Partnerin zugewiesen bekommen hatte. War das Zufall? Nun schaute sie öfter hinauf, und dann konnte sie beobachten, wie gerade dem Siegerpaar gratuliert wurde und Irene Erwin einen Kuss gab. Dieser schien Christine etwas zu heftig für den Anlass, aber sie konnte nicht recht sehen, wie Erwin reagierte, da er mit dem Rücken zu ihr stand.

Als sie am Abend ins Hotel zurückkamen, war da an der Anschlagtafel ein Ausflug ins nahe mittelalterliche Städtchen angekündigt. Ein paar verlockende Bilder waren dabei, eine schöne alte Kirche, ein Kreuzgang, ein Brunnen und ein Ausblick von oben über die ganze Küste. Christine überlegte. Der Bus war sicher klimatisiert, aber durch die Gassen mussten sie in der ganzen Hitze pilgern. Erwin sagte nichts dazu, er war für solche Unternehmungen nie zu haben gewesen. Sie würden also lieber am Strand bleiben.

Nach dem Abendessen machten sie einen kleinen Bummel am Corso, genossen ein Eis – Christine wählte Stracciatella und Pistacchio, Erwin blieb bei Vanille und Erdbeere. Als sie schon fast beim Hotel waren, lief er rasch zu einer Bude zurück und kam mit einem kleinen Päckchen zurück, ohne etwas zu erklären.

Als sie dann müde und zufrieden in den Betten lagen, sagte Erwin: „Ich habe mich für den Ausflug morgen angemeldet. Irene hat mich dazu animiert, und ich wusste ja, dass du lieber am Strand bleibst." Da brach

Christine in Tränen aus. Erwin schaute sie erschrocken an: „Was ist los? Wärst du doch gern mitgekommen? Oder bist du krank, hast du Schmerzen?" Christine stieß hervor: „Du und deine Irene!" Erwin wurde ärgerlich. „Was soll das heißen, deine Irene?" Christine weinte noch mehr. „Warum gibst du dich so mit ihr ab? Das Packerl ist doch sicher für sie?" Jetzt wurde Erwin richtig wütend. „Abgeben, abgeben – wir sind doch im Urlaub! Du wirst doch nicht an mir zweifeln?" Natürlich zweifelte sie nicht an seiner Treue, aber seine Aufmerksamkeit für jene andere Frau schmerzte sie tief, und gerade das konnte er überhaupt nicht begreifen. Sie musste doch seinen Charakter kennen und wissen, dass ein Seitensprung für ihn absolut nicht in Betracht kam! „Abgeben, abgeben…", knurrte er noch einmal und drehte sich auf die andere Seite.

Aber dann, so nach und nach, kam doch ein leises Gefühl in ihm hoch, dass er sich mit Christine in letzter Zeit, in langer letzter Zeit, nicht so „abgegeben" hatte, wie mit der neuen Bekannten. Er zog sie an sich, sie sträubte sich. Nach einem kurzen inneren Kampf flüsterte er: „Ich melde die Fahrt ab." Dann griff er, rührend ungeschickt, nach dem Päckchen mit Süßigkeiten und reichte es ihr. Da musste sie unter Tränen lachen und sie schmiegte sich an ihn.

Auch Christine wurde nun bewusst, dass sie ihn nie hatte merken lassen, wie sie sich nach einem bisschen Aufmerksamkeit von ihm sehnte.

Am nächsten Tag machten sie am frühen Morgen eine lange Wanderung am Strand. Die kühle Morgenluft wehte um sie. Das Meer lag ruhig und glatt vor ihnen, überglänzt vom roten Schein der Sonne, die sich erst wenig über den Horizont erhoben hatte. Sie sprachen nicht viel, aber sie spürten, wie sie nun all das Schöne um sie herum wirklich gemeinsam erlebten.

Christine genoss auch weiterhin, wie Erwin sich nun mit ihr „abgab", und es wurde für beide ein beglückender Urlaub, fast ein neues Leben – auch nachher!